同文書庫·厦門文獻系列　第二輯
壹

賦月山房尺牘

謝祐·撰

厦门大学出版社
XIAMEN UNIVERSITY PRESS
国家一级出版社
全国百佳图书出版单位

图书在版编目(CIP)数据

赋月山房尺牍/(清)谢祐撰.—厦门:厦门大学出版社，2017.9

(同文书库. 厦门文献系列. 第二辑)

ISBN 978-7-5615-6717-3

Ⅰ. ①赋…　Ⅱ. ①谢…　Ⅲ. ①书信集—中国—清代　Ⅳ. ①I264.9

中国版本图书馆 CIP 数据核字(2017)第 250289 号

出 版 人　蒋东明
责任编辑　薛鹏志　章木良
封面设计　李嘉彬
技术编辑　朱　楷

出版发行　厦门大学出版社
社　　址　厦门市软件园二期望海路 39 号
邮政编码　361008
总 编 办　0592-2182177　0592-2181406(传真)
营销中心　0592-2184458　0592-2181365
网　　址　http://www.xmupress.com
邮　　箱　xmup@xmupress.com
印　　刷　厦门集大印刷厂

开本　787mm×1092mm　1/16
印张　14.25
插页　4
字数　200 千字
版次　2017 年 9 月第 1 版
印次　2017 年 9 月第 1 次印刷
定价　160.00 元

厦门大学出版社
微信二维码

厦门大学出版社
微博二维码

谢祐，闽安人，生卒年不详，主要活动在清末同光年间，曾任私塾教师，出洋日本，是当时厦门有名的篆刻家，与画界多有交往。著有《减月山房尺牍偶存》等。丙申周旻

· 谢 祐 （国画 周旻作）

目録

前言

《賦月山房尺牘》是清末同安謝祐的個人尺牘專集。存本為撰者手抄稿本，線裝一冊，未刊。計收錄書札一百七十九通，起迄年為清同治甲戌年至光緒癸巳年（一八七四至一八九三年），分為二卷。卷一，甲戌至癸未年（一八七四至一八八三年），七十四通；卷二，甲申至癸巳年（一八八四至一八九三年），一百〇五通。手札按時間排序，注明干支年。每通尺牘均有題目，多以受書者為題（包括姓名、身份、與作者關係，以及通信性質），部分以書札内容為題。卷前有目錄。目錄頁題作『賦月山房尺牘偶存』，正文自署『同安謝祐修毗氏偶存』。鈐有閒章『吟安幾個字』。

這部尺牘遺稿曾由厦門近代名人陳延香（一八八七—一九六〇，又名樹壇，字澄懷，福建同安人）收藏，鈐有收藏印『延香珍藏』。然日久歲長，人事變遷，稿本又為原藏家棄置，幾經輾轉，流落於坊間舊書攤。我幸而見之，是以撿漏而得，拂拭而藏。現收入『同文書庫・厦門文獻系列』第二輯，影印刊行。

一

謝祐，字修畊，生卒年不詳，主要活動於清末同光年間。福建同安人，是清末閩南著名的篆刻家。民國十八年版《同安縣志》之《人物錄・方技》有傳，傳很簡略：『謝祐，字修畊，小西門外人。精於金石之學，善鐫刻印篆，古氣橫溢，書畫家多重之。』（林學增修，吳錫璜纂：《同安縣志》，卷之三十七《人物錄・方技》，第四頁，上海中華書局一九二九年版）此外，無更多生平史料。而他留下的這部尺牘，為了解其生平提供了若干線索。

首先，從《賦月山房尺牘》可知，謝祐以執教私塾為職業，是一位私塾先生。一八七四至一八九三年二十年間，他的塾師生涯大致可分為三個階段。

一八八二年之前，謝祐在家鄉同安教鄉塾，頗感不得志。這是其塾師生涯的第一階段。一八七八年，他曾致函托友人引薦學館。信寫道：『愧弟散樗猶昨，浮梗依然。雖有願於畲經，實關懷夫稼硯。由是遙傳尺素，仰仗引援。庶幾借重鼎言，得能棲托，行當感吹噓於靡既，銘肺腑以難忘。聘也有無，幸早遣來鴿使；謀之成否，毋教望斷鴻奴。』（《托邱郁文薦館地》，戊寅）這時，他可能尚未設帳坐館，正在尋覓棲身之所。一八八一年，他在《寄錢子復》（辛巳）中則云：『聞台臺設帳□□家，館穀頗稱豐厚，而主賓亦相得甚歡。視弟之訓蒙鄉塾，束脩薄而責備多，相去奚啻天淵哉。』顯然，這時他已在鄉塾任教，但條件和處境都不如意。他除了向友人表達牢騷之外，甚至有了結束塾師生涯的想法。同年，他在《賀林都尉榮任右廳》（辛巳）中明確表達投筆從戎的意願：『愧弟讀書不達，耕硯頻荒，極思投筆從戎，不復擁韜講學。如堪錄用，弗辭隨鐙之勞；若荷生成，應切啣環之報。緣相知於有素，敢憑子墨以陳詞；亦屢感夫垂青，爰罄寅丹而布悃。』從後來的情況看，這次從軍之想並未如願，但他還是辭去原來不稱心的教職，另覓館地。

一八八二至一八八四年，謝祐離開家鄉，到臺灣教私塾。這是他塾師生涯的第二階段。尺牘中壬午年（一八八二年）第一封，即言到臺灣旗江教私塾事：『日昨叩違雅範，安抵旗江。視館舍經鋪張妥當，特嫌近市紛哤，難於習靜耳。』（《寄陳白珩》，壬午）謝祐當是一八八二年年初去臺灣。據信中言，此次同渡有鄉友多人。接下的幾通尺牘，都寫了初到他鄉的孤寂和無聊。如：『弟以耕硯頻荒，忍別吾親而遠離；渡臺未久，常懷彼美以難期。風瀟雨晦之餘，誰憐孤寂；月落星稀之際，倍覺無聊。』（《寄錢子復》，壬午）『初來海外，無可與言歡，唯日向江樓寂坐，悶聽風濤捲雨聲耳。』（《復張子庚》，壬午）『作客海東，殊難駐足，依人簷下，只得低頭。』（《寄張煉梅》，壬午）顯然，換了環境，心情卻也未能舒暢。

尺牘中癸未年（一八八三年）第一封又稱：『近日擬渡東瀛』；『備有楹帖及扇衣，仰煩揮灑，俾帶到旗江』（《寄張子庚》）。第二封則寫道：『中和節後，準備東遊。未審輪船之名利士者，此月半間能得渡臺否？』（《寄宗弟玉庭》）近代所謂『東瀛』多指日本，其實在中國古代即以『瀛洲』『東瀛』指稱臺灣。此札所謂『渡東瀛』顯然不是去日本，而是去臺灣。渡臺的日期則定在農曆二月初二中和節之後。而之所以又有『渡臺』之舉，是因為作者從臺灣返鄉過年。其實在癸未年年底，他仍然回家過年。在這一年的最後一札中，他寫道：『作客遐方，輒縈鄉思。矧當歲序將闌，能不愈動我歸輿之念乎？聞利士輪船，翌日決來渡客，擬凌晨即赴安平，蓋恐登舟不及復爲留滯。』（《寄盧志順》）信中言及乘船歸鄉之地『安平』即臺南安平港，為當時臺灣進出主要門戶。

一八八四年年初，謝祐離開旗江到『鼓嶼』，在臺灣換了一處館地。尺牘中甲申年（一八八四年）第一封《寄張子庚》即言到『鼓嶼』新館執教訓蒙。新館地點『鼓嶼』還是在臺灣。多年之後，他在致臺灣朋友的信中抒發別情時寫道：『凡遇春秋勝景，輒思萍寄東瀛時，常得以暢敍幽情為快。何期一賦驪歌，不能再作雲龍之逐，徒令結想於旂山鼓嶼間。』（《復盧潤堂》，己丑）在另一封信中又有『臺之鼓嶼』（《寄宗弟玉庭》，辛卯）之語。剛到『臺之鼓嶼』時，他對新館環境頗為滿意：『比來鼓嶼，視書齋適當山坳，雖僅三椽茆屋，而瀟灑可人，且周圍擁滿鐵珊瑚樹，但覺蒼翠叢生，紅塵隔斷，較去年之近市喧嘩者，別饒勝境。訓蒙而外，儘堪靜養。唯脩金約減三十圓銀，恐難敷用耳。』（《寄張子庚》，甲申）環境雖好，但脩金少，只能說是差強人意。

然而，由於時局的影響，謝祐在幾個月後便辭職返鄉。一八八四年，他在致友人信中寫道：『弟以法夷騷擾臺澎等處，避亂旋鄉，適值荊妻病瘧。』（《寄林漢章》，甲申）因避戰亂而歸里，返家後又值妻子病瘧、去世，致使他最終未能重回臺灣。

此後，謝祐在家鄉仍在帶徒授課，是為其塾師生涯的第三階段。從其尺牘可知，直至一八九一年，臺灣友人盧潤堂還將次子從臺灣送到同安謝家，拜於其門下。他在《復盧潤堂》（辛卯）信中稱：『猥以令喆嗣贊興者，遙從海外而遊於門下，何知交之愛我一至於斯乎？』在另一信中則云：『契好盧君，自臺之鼓嶼，遣其仲子來受業於予。』（《寄宗弟玉庭》，辛卯）還有一事可以做佐證：在謝祐遺留的手稿中，有一册手抄本《普通新歷史》；這是清末民初流行的一種小學堂教科書，上海普通學書室於光緒二十七年（一九〇一年）九月首次印行。他手抄此書顯然是為了做教材。由此可以推斷，至少直到一九〇一年，他仍然在教書。但沒有史料可以說明，他返鄉後是開設家館，還是仍與渡臺前一樣執教鄉塾，而後來是否又任教於新式學堂。

其次，從《賦月山房尺牘》，可以了解謝祐舉業和家庭的若干情況。

《賦月山房尺牘》透露了謝祐幾次參加科舉考試的情況。一八八一年，他在《復錢子復》（辛巳）中云：『元春二十四日，於文場應試』；『果以負腹見慚，敗兵屢屢，竟無足慰關垂之至意』。元春是舊曆一月的別稱，文場即科舉考場。可見，他在一八八一年元春參加科舉考試，但名落孫山。一八八八年，他在一封信中言及參加府考：『比緣赴試匆匆，不克盡行琢就。俟府考歸來，準為訖事。』（《復外父黃錫和先生》，戊子）府考即府試，是明、清科舉最基本的考試『童試』（童生考試，包括縣試、府試、院試）中的一關，縣試通過方可參加府試，府試通過方可參加院試。由此可知，他此前在一八八一年元春參加的科舉考試，可能是縣試。一八九三年，謝祐致書托人製作一盞可用於風簷的玻璃燈籠，稱『藉應要需於道試時』（《寄惠安王慎修》，癸未）。這表明，他正準備參加道試（清代省下設道，道所舉行的考試稱為道試）；至於後來情況如何，則不得而知。

謝祐尺牘罕言及家庭情況，但寫到了家中的兩次變故。一是妻子於一八八四年中秋病逝，遺下幼小子女。他在致友人信中言：『第入室而淒涼滿目，子女呱呱，又不能不動鼓盤（盆）之痛矣。』（《寄林漢章》，甲申）兩年後，他在《復林西堂》（丙戌）信中感謝林氏撮合婚事，並言及赴厦訂盟之期和議送聘禮之儀，所說的當是續弦之事。另一次變故是，他在新加坡經商之弟，忽然於一八九一年離家出走，不知所終。為此，他頻頻發信往新加坡，多方探詢其弟出走情況及行蹤（見《寄張綽然》《寄吳金沙》《寄新嘉坡族兄朝陽》《寄檳榔嶼族兄德順》等）。他在信中寫道：『罔知甚事關情，遽泛萍蹤於何處；唯匄逢人寄語，為查浪跡以有方。免教衰老雙親，難舒念慮；旋使弱齡兩侄，得遂瞻依。』（《寄檳榔嶼族兄德順》，辛卯）其弟出走失蹤後，原在一起生活的弟媳和弱齡侄兒無所依靠，只得歸里，返回同安家中。（見《寄劉龍雲》，辛卯）其時，他的父母尚健在。

謝祐在從事謀生職業之外，主要致力於篆刻、治印，在這方面付出大量的精力，頗有聲名。正是由於在金石篆刻方面的成就和聲名，他入選民國《同安縣志》之《人物錄・方技》卷。從《賦月山房尺牘》中保存的他的篆刻活動史料，可以了解他一生的主要業績。謝祐亦擅詩詞、楹聯，從尺牘中抄錄的他的若干詩詞、楹聯作品，可以窺見他多方面的藝術才華。

謝祐的著述，除了這部《賦月山房尺牘》，還有兩種遺稿，均為作者手抄稿。一為《賦月山房消閒偶筆》，二冊。第一冊內容為『列星配應』和『干支匯典』，似為作者所編；第二冊內容為文房書畫金石，通冊紅筆圈點，似為作者所撰筆記，應有自己的研究心得。另一為《賦月山房謎稿》，自署『修畊氏戲編』，一冊。謎稿內容包括四書五經謎、詩詞曲文謎等，卷後附招友猜謎小啟四則。從謎稿可知當時厦門、同安猜謎活動頗為興盛，謝祐不但熱衷於此道，而且是個製謎高手。

二

《賦月山房尺牘》是謝祐二十年間的生平行跡、思想經歷和社會交遊的真實記錄，展示了謝祐這位民間藝術家的生活圈子，從某種意義上說，也是清末閩南文士生活狀況和藝術交流的一個縮影。在所收錄一百七十九通書札中，受書人計八十一位；另有七通無具體姓名（衆人），七通為代書。由於謝祐的興趣和專長在篆刻治印以及書畫藝術方面，他的交遊以知識界尤其是書畫界為多，受書人亦不乏閩南名士和書畫家，其中如胡偉生、陳小山、李梅生、呂淵甫、吳大經、蘇笑三、張子庚、陳柏芬、謝笏山、陳聯科等，皆一時名流。

胡偉生，即胡承烈，字偉生，福建同安人。清舉人。民國《同安縣志》卷三十一《人物錄・文苑》有傳。傳稱：『文豪宕縱橫，有奇氣。濟甯孫學憲按臨尤賞識之。舉拔萃科，旋領鄉薦。』（《同安縣志》卷之三十一，第一五頁）胡氏係謝祐之師長。尺牘中有《上偉生胡老夫子》（甲戌）一札，稱：『日前侍坐可亭，備聆榘訓，謹書紳志弗諠矣。』『書紳』語本《論語・衛靈公》：『子張書諸紳。』邢昺疏：『紳，大帶也。子張以孔子之言書之紳帶，意其佩服無忽忘也。』『志弗諠』亦即永記不忘之意。可見，謝祐對其執弟子禮甚恭。

陳小山，即陳青，字君贈，號小山，福建同安人。清諸生。民國《同安縣志》卷三十一《人物錄・文苑》有傳。傳稱：『精於金石之學，以能詩名。又喜書，凡秦漢晉魏以下諸篆隸皆能摹寫畢肖，邑之能書者甚珍貴之。……晚年尤以吟詠自娛。著有《竹泉詩草》。』（《同安縣志》卷之三十一，第一四頁）謝祐視之為前輩。尺牘中有《上陳小山先生》二封（乙酉、庚寅），均為求其書屏幅。後函贊其篆隸之書：『篆隸之書，前惟呂不翁稱善，今則先生為最得其精。』呂不翁即閩臺近代書法名家呂世宜。又言受其教誨：『比歲頻蒙枉顧，凡金石字當如何臨摹，尚不惜殷殷然以教我。』可見二人非泛泛之交。

李梅生，即李鼎臣（一八三〇—一九一一），字梅生，以字行。福建同安人，移居厦門。在厦設私塾，招收學生授課，以為生計。民國《厦門市志》卷二十五《文苑傳》有傳。傳稱：『精研數理、音韻學。音韻尤所致力……創造一種注音字母，筆劃簡而音韻易通，婦人孺子費數時均可領會。……著有《香奩詩》數卷、《同安竹枝詞百首》及韻學諸書。卒後均散佚。』［厦門市地方志編纂委員會辦公室整理：《厦門市志（民國）》，方志出版社一九九九年版，第五五五頁］謝祐視之為前輩，篆印也頗獲其稱許。尺牘中有寄『李梅生先生』三封（壬辰、癸巳、癸巳），其中壬辰年（一八九二年）一札，論篆法兼述為李氏刻印之構思，表達了他對篆刻治印的獨到見解。從此札可知，李氏請篆印章中有刻雕其詩句者，又有『詩偷酒老』四字。據李禧《紫燕金魚室筆記》『李梅生』一則所稱，李氏『能吟耽飲，以李青蓮自命。杖頭懸小葫蘆一，貯酒滿之，行且飲，以為常。』（李禧：《紫燕金魚室筆記》，北京廣播學院出版社一九九五年版，第七二頁）『詩偷酒老』四字或許就是李梅生的自我寫照。

呂淵甫，即呂澂（約一八四六—一九〇八），字淵甫，號默庵，福建厦門人。光緒乙酉拔貢，授州判，請改教諭；光緒癸巳恩科舉人。民國《厦門市志》卷二十四《儒林傳》有傳。傳稱：『澂好治古文詞……主講玉屏、紫陽、滄江各書院。……遊其門者，多以古文名。詩清微淡遠。著有《青筠堂集》。

書法入歐陽率更之室，人爭寶之。』［《廈門市志（民國）》，第五三九頁］謝祐與他平輩論交。尺牘中有《復呂淵甫》（丙子）一封，稱其書法『遒勁有餘，神韻亦風流逼真，若與蘭亭諸貼並觀，當無能分其優劣者』；並求題扇面。從信中可知，呂氏請謝祐為友人篆圖章。

吳大經，字綸堂，福建同安人。民國《廈門市志》卷三十二《藝術傳》有傳。傳稱：『襲雲騎尉，改縣丞，分發浙江，又不赴任。自甘淡泊，顔其齋曰「地瓜廬」。……餘事度曲彈箏，畫山水花鳥，均有獨到處。中年後，喜作梅菊怪石，墨沈淋漓奇詭，蓋自寫其天趣。』［《廈門市志（民國）》，第六五八頁］與蘇元（字笑三）、章灦（字漢仙）並稱晚清廈門三畫家。謝祐與他平輩論交。尺牘中三札以其為受書者：《復鷺江吳遊戎大經（字綸堂）》（甲戌）、《復吳綸堂》（丙子）、《賀吳綸堂新春》（丁丑）。前二札展示了兩位藝術家的互動和交流：一方面，謝祐向吳大經求畫並蒙應許，而吳大經則請謝祐為其篆印，可謂篆刻家與畫家的互動；另一方面，謝祐在信中與其談論對古人篆刻的理解，剖析自己治印的不足，進行理論層面的交流。

蘇笑三，即蘇元，字笑三，號夢鹿山樵，別署笑道人，原籍福建海澄，世居廈門。襲騎都尉，歷署廈水提各營廳府，以畫梅受知於彭楚漢軍門。光緒十八年（一八九二年）優貢生，曾官教諭。其畫初學詔安派謝穎蘇，後追李復堂、黃慎，尤精練畫梅、松、魚躁、蘆雁等，兼擅山水花鳥。與吳大經（字綸堂）、章灦（字漢仙）並稱晚清廈門三畫家。民國《廈門市志》卷三十二《藝術傳》有傳。謝祐與他平輩論交。尺牘中有《寄蘇笑三》（丙子）一封，係向其求畫梅花。

張子庚，即張荄，字子庚，號熙堂，又號拱青書室主人，福建同安人。光緒癸巳領鄉薦。居鄉以渾厚稱，擅詩文與書法，頗有文名，晚年尤耽吟詠，民國《同安縣志》多採錄其詩文。著有《潛庵詩草》二卷。民國《同安縣志》卷三十一《人物錄・文苑》有傳。謝祐與他平輩論交。尺牘中寄他的信有三封（壬午、癸未、甲申），主要寫到臺灣入館教書情況（環境和心情），又向其求字。

陳柏芬，名慶新，號鶴孫，福建同安人。同治元年（一八六二）中副貢，出任清流縣訓導。曾任內閣中書，即謝祐尺牘所稱『中翰』。又其父陳騰鯤（字曉秋，清舉人）亦曾任內閣中書。故福建承宣佈政使司葆重為其父子『中翰第』立匾書『世掌絲綸』。著有《陳柏芬詩草》及《芳園詩文集》二卷。謝祐與他平輩論交。尺牘中有《寄陳中翰柏芬》（戊子）、《寄陳鶴孫》（庚寅）二札，均言陳氏囑雕印章事，兼談篆刻之理。

謝笏山，即謝正，字笏山。福建同安人，謝祐的族兄。民國《同安縣志》卷三十七《人物錄・方技》有傳。傳稱：『業儒，恬利祿，善詩畫，所畫山水博古，為一時名士重，謂其直沈、唐之奧。又精於鐫刻印篆。性耐苦，雖家無儋石，晏如也。』（《同安縣志》卷之三十七，第三頁）尺牘中寄『族兄笏山』者六封（戊子至癸巳年，每年一封），內容有：招飲、催畫、為其家藏銅印釋文、錄呈干支歌等。其中《復族兄笏山》（庚寅）反映了一位畫家貧病交迫而救窮無計的窘況，讀後令人心酸：『昨閱來書，知近日嗟興范甑，且尊軀猶為二豎所淩，思無計能消此苦況，擬售圖畫以救窮。……奈時人絕少嗜好，即有一二涎貪妙畫者，聞及潤筆須錢，無不輟然中止。』『愧弟現亦難圓轉，薄分山廚米八升，沽酒錢三百，少佐晨炊與買藥之需。幸勿覩此戔戔而齒冷也。』由此亦可見，在當時閩南坊間，書畫作品可謂有價無市，並未為民間所重視。

陳聯科，字穆齋，福建厦門人，從軍從政。『性敦誠，有識度，遇事詳審，不避艱虞。隨父鎮黄巖，以戰績得議敍。值甘肅回民起義，隨軍助剿。時總制左宗堂奏設製造局，普甯提軍賴長總其事。請他幫辦，兼理文案，他治理得次序井然。』（厦門市圖書館編：《厦門人物詞典》，鷺江出版社二〇〇三年版，第六一頁）謝祐稱其為『司馬』，司馬在明清時期是同知（知府的副職）的雅稱。尺牘中寄給他的信有三封：《寄鷺江陳司馬聯科（字穆齋）》（己丑）、《寄陳穆齋》（庚寅）、《復陳穆齋》（辛卯），所談不出書畫篆刻之範圍。其中《寄陳穆齋》一札曾表達了獲得名家墨寶的喜悦：『邑幕賓秋岩夫子，揮書極有神情，得數行已可藏為墨寶，況相貽至四紙之多，不更勞鰥生以護惜乎？』這位書法極佳的『秋岩夫子』為何許人，已難以稽考。另兩札言陳氏『屬篆各圖章』『擬鎸諸印』之事，從中可知，謝祐對刻印極為認真，都要反復構思、琢磨，方可落筆，力求精品。陳氏兩次囑託篆印均多枚，其中或有他人轉託者。值得一說的是，謝祐應陳司馬所託篆印，曾在近年現身於國内大型書畫文玩拍賣會。西泠印社拍賣有限公司二〇〇七年春季大型藝術品拍賣會『文房清玩・近現代名家篆刻專場』和海馳翰拍賣有限公司二〇一三年『書畫文玩・第十二届書畫文玩專場拍賣會』，先後拍賣謝祐刻山東萊石對章『林載陽印』（拍品名中『謝祐』誤為『謝祐修』），其邊款曰：『近耽閒散，久辭刻篆之勞。緣契好陳司馬，盛稱閣下善書，且鮮雕蟲韻事，故屬鎸斯印，頗費苦心，諒君為風雅士，定識刀鋒所至多妙趣。同安謝祐修畊氏作。』林載陽不知何人，而『屬鎸斯印』之『契好陳司馬』，應即是陳穆齋。至於此印章是否便是陳氏在這幾信中所囑託者，已無從稽考。

謝祐一生的主要成就在於篆刻、治印。他的篆刻作品流傳下來的很少，除了上述現身拍賣會的山東萊石對章『林載陽印』以及遺存手稿上的鈐印外，已難得一見。《賦月山房尺牘》的大部分內容與他的篆刻治印有關，或是陳述為人刻印之事，或是表達對金石篆刻的見解，其中還有《與朋儕論古今人印譜》（戊子）、《復林海屏》（壬辰）、《答林都尉問古來篆式》（癸巳）等專論篆刻治印的長篇書札。可以說，這部尺牘不但展示了謝祐以篆印為中心的藝術交流和生活圈子，而且體現了謝祐的篆刻理念和實踐，集中反映了他對金石之學的理論見解和對篆刻實踐的經驗闡釋，具有獨特的史料價值和藝術理論價值。

三

尺牘為書信的別稱，原是一種應用文體。但中國傳統尺牘的寫作，一向追求實用性與審美性的統一，而尺牘這種文體在歷史發展中也愈發顯示出它的文學品性。尤其是晚明小品文勃興後，尺牘也小品化，成了小品文學一類。可以說，到了後來，尺牘已具有雙重屬性，既是有實用功能的應用文體，也是有審美功能的文學作品。而從雙重屬性的角度看，謝祐的《賦月山房尺牘》堪稱尺牘佳作。

謝祐的尺牘寫作頗為嚴謹，謀篇佈局、遣詞造句都很講究，而且對尺牘寫作也有自己的見解和要求。在這部尺牘的起始年，即有《與友人論尺牘所宜讀》（甲戌）一札：

> 昨誦瑤章，以尺牘為書甚夥，難決所從。然書無不可學者，在善於揣摩耳。若《小倉》則筆氣縱橫，文詞曲折，苟非學力深醇，究難辨析。他如《秋水》溫和，《雪鴻》沉鬱，《嚶求集》洵以頓

挫生情，《留茆盦》則以清新立意，俱有所長，足資考究。其餘《蓮山》《飲香》《胭脂牡丹》諸種，亦無不各具體裁。第恐研求未至，膠固拘牽，將靈機一滯，曉暢終難。則欲求其嫺於辭令者，勢必無能。唯《合璧》謀篇簡潔，而詞意兼該，其轉折亦分明易曉，誠可為初學之津梁。試由此加工而進，何難追步古人。是不可貪於多讀，見異思遷，致貽涉躐不精之誚。辱旣芻詢，敬敷鄙見，不知大雅以為然否？

此札對晚清尤其是咸同年間坊間所流行、閩南一帶士人所習見的主要尺牘範本進行了點評，表達了作者對尺牘寫作的見解。札中所稱『小倉』即《小倉山房尺牘》，清袁枚（一七一六—一七九八）撰。此書為袁枚自編，坊間流行的胡光斗選編箋釋本《音注小倉山房尺牘》，編於咸豐己未年（一八五九年）。『秋水』即《秋水軒尺牘》，清許思湄（字葭村，浙江山陰人）撰，其姻親弟序作於道光乙未年（一八二五年），咸豐年間刊刻。『雪鴻』即《雪鴻軒尺牘》，清龔蕚（字未齋，浙江山陰人）撰，編於嘉慶癸亥年（一八〇三年），始刊於道光乙巳年（一八四五年）。『嚶求集』即《嚶求集尺牘》（四卷），武林繆艮（字兼山，號蓮仙）撰，自序作於道光乙未年（一八二五年），道光年間刊刻，另有咸豐十年（一八六〇年）維經堂刊本，後又有詳注本。武林係杭州別稱。『留茆盦』即《留茆盦尺牘叢殘》（四卷），清嚴簵（字士竹，浙江臨安人）撰，有咸豐八年（一八五八年）刻本。札中所謂『蓮山』者，疑為『蓮仙』之誤。『蓮仙』即《蓮仙尺牘》（又作《分類蓮仙尺牘》，六卷），扉頁題作『壓線編』，錢塘繆艮蓮仙撰，番禺趙古農選編。趙古農序作於道光庚寅年（一八三〇年），有道光十七年（一八三七年）如此草堂刻本、道光二十七年文德堂藏板和咸豐八年（一八五八年）紫貴堂藏板。錢塘亦係杭州的古稱。

『飲香』即《飲香尺牘》，亦即《分類詳註飲香尺牘》，清飲香居士原編，白下慵隱子箋釋，乾隆五十二年（一七八七年）至誠堂原刊，道光癸卯年（一八四三年）夏月新鐫寶翰樓藏板，有增注本。『胭脂牡丹』即《胭脂牡丹尺牘》（六卷），古越諸生韓鄂不撰，其友武陵王德寬序作於道光十九年（一八三九年），有咸豐八年（一八五八年）刻本，又有同治甲戌年（一八七四年）聚盛堂梓行木刻本。

作者所推薦之『合璧』當爲『尺牘合璧』。用此書名者，常見的有《秋水軒尺牘》與《雪鴻軒尺牘》之合編，以及蘇東坡尺牘和黃山谷尺牘之合編，然從刊行年代和尺牘內容看，當非其所指。我以為，謝祐認作『津梁』之『合璧』，是指清代閩南士人所編之《尺牘合璧》（增補本《增補尺牘合璧》，四卷）。此書係清溪李世穀選編輯注，所見各版均為乾隆年間鐫版梓行，編者亦見署清溪李鍾沖世穀、李輔材左侯仝訂，晉江李光墀宣卿參校、鄭文煥章人匯疏、王迎殿客參閲。清溪係福建安溪的古稱。編注者李鍾沖，字世穀，福建安溪感化里人，係李光地子侄輩，清舉人，康熙三十二年從晉江縣學考中，曾任河南鹿邑知縣。參訂者李輔材，字左侯，福建安溪感化里人，清舉人，康熙三十五年考中，曾任戶部主事。此書分元亨利貞四冊，設置問候、人事、吉慶等門類，分類甚細，所輯尺牘範文多福建本地名人所作，且詳加注釋，故為福建文人學子所喜愛。李世穀子女在增補本序言中寫道：『是書諸凡明備，纂輯精確，一出而五方咸奉為津梁。故當時亦有市利之人襲其本樣，東剿西掇，魚目混珠，終乃不久而自廢。特是年久版失，書林重鐫，屢請序以補其帙。』（《增補尺牘合璧》序，乾隆五年鐫版）可見是書不但流行，且早已被視作『津梁』；謝祐推其『可為初學之津梁』，亦是擇善從流。

從《與友人論尺牘所宜讀》可以看出，謝祐以『曉暢』而又『嫺於辭令』和『謀篇簡潔，而詞意兼該，其轉折亦分明易曉』為尺牘之楷式。他所作尺牘亦多如此。如《代慰道試見遺》（丁丑）和《寄惠安王慎修》（癸巳）二札，一婉曲，一直敍，均簡潔通達，特點很鮮明。

《代慰道試見遺》云：

文章有價，知遇為難。此一衿之博，常有負瑰奇而苦見售者。如台臺，以天矯才情，宜早沖天飛去，作霖雨以濟蒼生，何辟雍泮水，相靳以登雲之路也。然久困蛟龍，縱得雷聲一助，便能破浪三千，豈終屈守池中哉。甚願耐心静候，定當有奮發之時。祈毋太咨嗟以自苦也。

此札是對道試落選者的勸慰。第一層寫懷才不遇，先説此種蹇運的普遍存在，再切入見遺者個案；第二層寫騰飛有時，也是先説普遍性再到個體；第三層則是在此基礎上的勸慰。一封短札寫得如此迂迴曲折，行文委婉，但簡潔、得體。

《寄惠安王慎修》云：

前客溫陵，適僑廣與君居為比鄰。獲見令昆所製玻璃燈籠，其式樣極為精緻而且堅，大可備風簷中之妙用。意欲煩兄朓請於伯氏之前，即如式造成一盞，藉應要需於道試時。祈勿以良工為靳，致虛所囑也。頃逢驛吏赴泉，先仗傳書以道意，並候賢昆玉均安。至費清神處及令兄長處，俟到桐城，親來鳴謝。

此札意在託受書者代請其兄製作玻璃燈籠，平直道來，前因後果十分了然、清晰，而言辭殷切。從昔日比鄰説起，固然是為了陳述請託的由來，而同時也在喚起受書者對往昔交情的追憶；接下寫所見玻璃燈籠的樣式，既是為了說明其妙用之處，又是表達對其兄『良工』的讚賞；再接下提出請造一盞的要求及用途，也是闡明自己的需求的緊要（道試時用），著實讓人難以拒絕。僅從前半部分，即可見識其『嫻於辭令』。此札遣詞造句也頗為考究。如寫到泉州，除用『泉』的簡稱，還用了『溫陵』『桐城』兩個別稱；言及其兄，除用『令兄』，又用了『令昆』『伯氏』的雅稱，避免了用詞重複。可稱得上『謀篇簡潔，而詞意兼該』。

《賦月山房尺牘》體裁駢散兼擅，以散體為主，亦不乏四六之體。由上引前後期各一札，可窺見其尺牘風格，前期文辭較為華麗，尤喜用典；後期轉為質樸平實，且多直言。

在內容上，《賦月山房尺牘》主要展示文人的生活和情趣。如《寄劉家石》（丙子）：

> 昨乘月色，趨訪藜亭，適值琴絃初撥。靜聽一終，覺悠揚逸韻，猶繚繞在紗窗間，洵足盡彈絲之能事矣。僕質甚鈍，意欲從君學一《漁樵操》，藉作消閒散悶之資。幸勿如嵇中散以聲調絕倫自秘也。

這通短札盡顯雅人逸致。作者行事隨心隨興，猶似『世說』中魏晉人物；而行文如晚明小品，饒有韻味。

這部尺牘亦多社會現實記錄。如《代曾氏女寄劉郎書》（乙亥）：

> 從來匹耦，最重倡隨。迴念入君庭戶，極思宜爾室家。何期結髮無幾，嗟興破鏡；遂使同心有歉，悵起離鸞。君既遠行，家無儋石；妾唯窮守，地少立錐。懸釜待炊，誰救燃眉之急；敝裘難典，

迭興枵腹之悲。矧夫子女俱殤，翁姑並逝。比屋既無伯叔，同居復少仲昆。思及此，雖逢熱鬧場中，轉覺愁添似海；念而今，縱遇繁華會裏，終教淚等懸河。故關心絕少歡愉，而觸眼居多鬱悶。回思別日，曾話歸期。既云多則三年，旋曰少唯兩載。詎意四年欲盡，猶淹羈旅之車；五載將來，不作思歸之引。旋悵傳音久缺，望眼將穿；致思覿面甚難，迴腸幾斷。諒戀新人如玉，此時之歡愛方濃；爰嫌故我非蘭，當日之恩情欲絕。所以書疎竹報，不憂妾命如絲；因而室聽磬懸，愈見郎心似鐵。遂將自恨自憐意，惹得多愁多病身。則雖怨切迴文，空上望夫之石；或欲心圖買賦，實乏陳后之金。四載分居，儼若秦人之蕩婦；數年在外，竟同徙宅之忘妻。棄我如遺，亦誠可已；覆宗不顧，其謂之何？總期多寄朱提，俾得早延似續。蓋以移桃接李，克遂培根；庶幾衍瓞綿瓜，能開奕葉。則異日有靈祖禰，免悵餒而；亦他年垂老夫妻，無憂煢獨。妾言甚當，郎意云何？如其有志成家，慎勿長留逆旅。況郎也寄身異地，原緣窮困使然；以妾今餬口母家，豈是久長應此。他鄉雖好，故里休忘。望速回頭，毋教失足。苟以斯言為逆耳，必求所欲以甘心。非常之變或生，罪將誰贖；不測之災如起，咎竟安歸？攬鏡有懷，不覺青衫淚濕；擁衾無夢，徒教絳帳魂銷。希推夙昔之深恩，青眼仍為垂照；勿作今茲之薄倖，白髮免使成吟。遠訴衷情，難言所以；臨書涕泣，罔識云何。

這封代書長達六百四十餘字，表達了一個遭遺棄的孤絕婦人曾氏女，對離家遠行的薄倖夫君的最後一點寄望。曾氏女的遭遇和命運，在閩南一帶僑鄉婦女中有一定的普遍性。但她的生活境況特別淒慘，且不說貧窮，單是『子女俱殤，翁姑並逝』就讓她深感生活的絕望。此札用典雅的四六駢儷，深切地寫出了這位不幸婦人的悲吟和衷情，極具感染力。

代婦人寫家書並不容易，清代梁紹壬甚至指為『虐政』。其《兩般秋雨盦隨筆》卷五『代寫書』一則云：『代巾幗寫家書，虐政也。余幼時曾為一親串寫寄夫書，口授云：……余曰：「可改竄乎？」曰：「依我寫。」於是只好連篇別字，信手塗抹。近閱呂居仁《軒渠》載二則，極相似。』（梁紹壬：《兩般秋雨盦隨筆》，上海古籍出版社一九八二年版，第二八一頁）蓋因口授者滿口土語，如若不讓改竄，則代書者往往不能下筆，即使勉強寫出來也是不堪卒讀。謝祐代寫這封家書，顯然不存在這種情況，故得以盡情發揮，寫出這一情文並茂的尺牘佳作。

謝祐這部《賦月山房尺牘》，在福建尺牘文學史上，應有一席之地。

洪峻峰

二〇一七年五月於厦門大學

賦月山房尺牘

謝祐　撰

賦月山房尺牘偶存

卷一目錄

賀蘇立軒新春
賀吳綸並新春
代慰道試見遺
賀吳榮三新春
託邱郁文薦館地
寄陳廷瑞
寄僧慧淨
寄葉谷膺

賀劉家石新春
賀錢子俊入泮
复曾如山
賀吳耀卿新春
代邀友赴錢筵
复陳白珩
寄族兄用志
寄葉生淵

賀陳廷瑞新春

寄林漢章

复錢子復

與同人重訂春遊

寄錢子復

寄陳白圻

寄吳太三

寄張煉梅

賀陳白圻新春

寄曾世兄康亭

寄陳其仁

寄歐陽慕萱

賀林都叙榮任右廳

寄錢子復

复張子庚

賀王文苑納寵

卷二目錄

賀王潤堂新春
復林西堂
寄林西堂
寄林漢章
寄族弟南山
慰家工部紹箕丁父艱
寄族兄筍山
寄陳中翰柏蓉

賀王志恢新春
寄吳太三
復吳太三
寄錢子復
復吳太三
寄湯岸衆族長
寄從堂姪泰平
復外父黃錫和先生

寄陳懋感
與朋儕論古今人印譜
寄林西堂
寄歐陽濟蒼
寄錢子俊
復族叔年松
寄姪湖生
寄族兄筍山
復林漢章
復外父黃錫和先生
與林海屏
寄葉生潤
復林西堂
寄顏乃瑤
致汪延順
復林漢章

上陳小山先生

寄陳鶴孫

寄族姪振揚

寄胥世兄澍亭

复尹潤堂

寄黃渭川

寄林子裕

复陳穆堂

寄陳穆堂

寄家工部錫箕

寄宗侄文真

复族兄節山

寄宗弟玉慶

寄林溪章

寄族兄節山

复族叔年松

寄族兄笏山
寄王曉滙
寄王慎修
復李梅生先生
寄陳寶侯
答林都尉詢古本篆式
上李梅生先生
寄周晴溪
寄劉徽典
寄宗弟玉庭
復覃澗堂

賦月山房尺牘

同安謝祐修明氏偶存

借書 甲戌

稗官野史，多寓諷諫，誠可作消閒之助。閱 台處多藏說書，如有紅樓夢、品花寶鑑者，敢借一觀。閱竟即歸 鄴架，祈勿以借書與人為一癡，秘而不許。

致鷺門諸窗友

昔同筆硯，備荷 攜垂。別後時屢鄙念，而重會甚難。不意動遐思於雲樹也。比維萬彙昭蘇，盼 不盡延千紫蓂。酒諸　君風。雅。宜。人。已好。秉。春。適。興。仰。祈。賞。攬。偕。來。相與。過。遊。名。勝。領。畧。風。光。於。翠。峰。青。山。間。章。句。以。遊。蹤。非。事。空。負。此。韶。華。也。

上佛生胡老夫子

日前侍坐石亭。備聆。槃。洲。謹書。紳。志。弗。諼。矣。命篆名圖章。頃已雕鐫完訖。專伻敬獻諸　丹鉛之側。其擬刻籐花吟館一印。以籐字不載說文。爰仿六書通配合偏旁之例。率意。鑄。成。罔知。有。當。否。如其。不。合。

體。裁。即。祈。 昭。示。便。再。斟。酌。以。歸。完。善。

柬同人相約遊春

春。來。無。事。唯時。把。石。泉。試。碧。沉。澗對。花。前。小。凝。耳。頃讀。琅。函。以。尋。芳。見。召。極欲。追。陪。於。水。石。間。藉新。眼。界。特恐。重。陰。累。日。怯夢。春。寒。雨。欲。來。其奚。適。夫。騁。遊。予。如果。密。雲。不。雨。允赴。 盛。招。

與友人論尺牘所宜讀

雅誦 瑤章。以尺牘為書甚夥。難決所從。然書多。不。

而學者在善於揣摩耳若小倉則筆氣縱橫文詞曲
折苟非學力深醇究難辨析他如秋水湿和雪鴻沉
鬱嚶求集詞以頓挫重情留茆盦則以清新立意俱
有所長足資考究其餘蓮山飲香胭脂牡丹諸種亦
多不合其體裁第恐研求未到膠固拘牽將靈機一
滯撓幅緩難則欲求其嫺於辭令若勢必多能唯合
璧謀篇簡潔而詞意兼該其轉折亦分明易曉誠可
為初學之津梁試由此加工而進何難追步古人是

不所貪於無讀見異思遷致貽誚譏不精之誚辱
既蜀詢敎敷鄙見不知　大雅以為然否

寄鷺江林都尉捷雲字漢章

知交有日闊別經年頻縈落月之思迭動停雲之感
詞值錢春梅雨點點添愁爰因迎夏棟風聲聲致意
恭維　仁兄大人雅歌風擅羣推儒將風流　韜
畧能嫻不愧功臣世胄比聽　虎符分秉望溢元
戎遙知　駿績先縈名誇小隊因望風兮豫頌龔指

日分　升遷○翹企　鴻圖○昌勝雀躍○愧弟才同鳩拙○

質等駑駘○雖有○意○於○奮○飛○究○年○心○夫○掾○硯○蠹以○讀○書○

登○仕○應選○終○難○何如○投○筆○事○戎○封侯○較○易○豈望○談○

兵○虎○帳○常領○傳○檄○之○司○旋期○試○馬○柳○營○永備○執○鞭○

之○役○縱成○君○之○有○自○應報○德○以○無○涯○爰肅雲箋○仰

邀　藻鑒○弗宣○

壽鷺汪錢子復

憶别時桂香飛滿月輪○轉瞬而東籬黃菊○早披金鎧

戰西風矣比想
台壺當此登高令節室同三五良
朋覽勝於名山頂處醉插茱萸寫稱懷也月前曾以
玉版箋八幅仗求書画有名者備充蓬壁希就際寄
來毋教望眼生穿是幸

復鷺江林西堂

分袂多時葵傾屢切祇緣俗冗羈聯是以未得常通
魚素耳比荷
瑤函遠錫捧讀間覺殷殷
猥愛情
見乎詞意令馳神左右念念不忘矣
屬篆圖章登

時刻勤○但八體未諳○恐難免方家取笑耳○前敝友以花牋一片○託求　法楷○希於　貴務餘閒○即為揮就○藉資寶玩可也○

寄林漢章

久○親○　雅○範○殊慰○悃○私○何期○遽○作○別○鶯○亮使○難○同○歸○蓬○以故○臨○風○遠○望○頻切○贈○梅○旋緣○關○景○遥○思○倍殷○傾○舊○用擬○新○春○燭重○剪○於○西○窗○方隨○勝○月○樽再○開○夫○把○海○獨是○心○權○送○動○未歇○離○愁○可知○　意○諸○同○綿○長增○

別恨最難遣者，雨晦風瀟，伊可懷兮；雲停月落，羨寄遙情於飛雁。總祈廣惠夫遺魚，尚此濟問，聊申鄙意，謹啟。

復鷺江吳游戎大經字論堂

去冬一別，轉眼新春，雖魚雁能通，究不如促膝雄談之為快也。辰下園花綴錦，野草成茵，已動遐思於渭樹。忽承 華簡遠頒，展讀間，覺清詞麗句，頓爽心脾，始知檄可愈風，信不誣也。寄到友人諸畫幛，經如數拜收。惜　許贈丹青。未蒙　惠及。渴想殊深。幸即見貽一幅。藉供清玩於蕭齋是荷。

復錢子俊

憶黃梅時節。　文駕貴臨。得以傾談積愫。中懷快甚。惟恨白。駒。難。繫。轉使。離。愁。倍。深。潭。水。頃讀　惠。書。頓消。磊。塊。於。胸。次。無如積。悶。已。深。既難。排。遣。那堪。悱。惻。情。詞。言言。寄。怨。銷魂。兒。女。未。免。落。在。相。思。海。也。比逢天氣炎蒸。因人煩甚。尚祈貫欄來同。作銷夏集於輪山勝境。幸毋以近切藏修。弗作閒遊想爲諉。

寄碧溪葉生潤

昨偕窗友。造訪 幽齋。以不獲覿 星標爲悵。擬詰朝再謁 龍門。幸知交有以俟我。毋使柴。扉。仍。叩。不。聞。致動。室。邇。人。遐。之。慨。也。

寄潯海吳梁三

碧梧墜葉。清節爲秋。極欲造 廬攀話。共領芙蓉花裏。將風光。其奈。愁。城。坐。困。飛。越。爲。難。唯。有。翹。瞻。耳。

梁室增悵望於秋水甚殷 駕扁舟以過我藉叙幽情果如所請第當於西溪灞上佇望 錦帆矣

寄潯海吳習甫

寓既節於張君處獲挹 芝芬甚欲高攀 大駕枉顧蕭齋作十日歡詎意緣慳聚叙而 雲軒竟被好風吹去徒令神思遠注倍增無限悵恨再索觀印譜悅篆法文雅無堪就正者特蒙 見賞甚殷謹備一編將去想特識如 君知必有能匡其不逮者

代曾氏女寄劉郎書 乙亥

從來匹耦最重倡隨迴念入居庭户極思宜爾室家何期結髮無幾嗟興破鏡遂使同心有歎悵起離鸞君既遠行家無儋石妾唯窮守地步立雖懸釜待炊誰救燃眉之急敝裘難典送與枵腹之悲禍夫子女俱殤翁姑並逝比屋既無伯叔同居復少仲昆思及此雖逢熱鬧場中轉覺愁添何海念而今縱遇繁華會裏終教淚等懸河故關心絕步歡愉而觸眼居多

鬱詞回思引日曾話歸期既云多則三年旋曰少唯
兩載詎意四年欲盡猶淹羈旅之事五載將來不作
思歸之引旋悵傳音久缺望眼將穿致思覲面甚難
迴腸幾斷諒戀新人如玉此時之歡愛方濃愛猶故
我非蘭昔日之恩情欲絕所以書疎竹報不憂妾命
如絲因而室聽磬懸愈見郎心似鐵遂將自恨自憐
意惹濤多愁多病身則難怨切迴文空上望夫之石
或欲心圖買賦賓之陳后之金四載分居儼若秦人

之蕩婦。數年在外。竟同從宅之忘妻。棄我如遺。亦識可已。覆宗不觀。其謂之何。總期多寄朱提。俾得早延似續。蒸以。移桃接李。克遂培根。庶幾衍瓞綿瓜。能補爽業。則異日有靈。祖禰免振餒。而亦他年垂老。夫妻無憂。莞猶妄言。甚荀郎意云何。如其有志成家。慎勿長留逆旅。況郎也寄身異地。原緣窮困使然。以妾今錮以母家。豈是久長應知。他鄉雖好。故里休忘。望速回頭。毋教失足。苟以斯言為逆耳。必求所欲以甘心。

非常之變或生罪將誰贖不測之災如起咎竟安歸攬鏡有懷不覺青衫淚濕擁衾無夢徒教絳帳魂銷希推夙昔之深恩青眼仍為垂照勿作今時之薄倖白頭免使成吟遠訴衷情難言所以臨書涕注罔識云何

代陳氏女寄五郎書

伉儷多年綢繆有日宜家殊憾衷情入室不聞訕謫念彼瑟琴靜好永得和諧心同金石貞堅宜無改易

詎意迷人花柳郎情竟睡於溫柔鄉知棄我蕪菁妾恨空縈夫肯鞠躬獨是勾欄軟套慣誤英雄從教蓋世奇才多為知識善媚原鴇兒故態誠惶豈爲老恒情擇金莫縱捨白旋來千祈斬斷邪緣免貽後悔萬望緣延舊好無昧先幾因觀物以興思竊感芳年易逝復支頤而不寐誰憐缺月難圓我展轉以空牀因難成夢君盤桓於別館寧易忘情尚期早賦刀環無使增愁砧杵爰摛曲緒藉寄迴文

代花遂歟寄情郎書

命不猶人窮而降志恩山未遇苦海終沉乃蒙遷錦重情猥以抱衾見許爰遂鸞交之歟迭承燕暱之歡自分天緣花應永好任憑地老月可長圓何期驪唱遽興征帆遂渺竟使魚書難達別緒頻增記臨歧灑淚分釵曾約重來於月九惟邇室空懷合鏡徒教詩候已春三如真有意相諧即速回音見慰無為薄倖之感妾情

寄鷺江陳遊戎紹廷字丕承

雕蟲小技，本不足觀，詎意叨承過獎，竟謬以圖章屬篆刻，乃緣返棹匆匆，致不獲登時報命，於心甚覺難安，日昨撥忙鐫就，即煩林友璧還，以便藏諸行篋，庶幾觀物思人，別猶弗別也。志同儕列，日遠遊瑣事為煩，準備，必無遑惠我德音，所望新疆安抵，遞時速寄情詞，藉慰相思於萬里，是不盡鄰懷之至願也。

夏錢子復

梧葉報秋蒼葭動念適塞鴻啣到 惠書浣薇莊誦
始知文戰罷矣不獲搴旗而返甚令知交擧代抱不
平但勁敵如 兄亦不過漸受目前之挫耳若再觀
軍容能壓陣可毋庸鬱鬱諸心也第以俗氣纏繞弗
克與師初意亦殊歉仄並想及詞鋒不利設能逐隊
前來恐亦難於鏖戰不如因事擱留較省得一番跋
涉也 惠貽維扇行當到處奉揚以彰 盛德

寄林漢章 丙子

碧桃滿樹。紅杏在林。與　君叙別晴軒。轉瞬而金風振。玉露凝。沿塘。蓮蕊。傾。香。粉。夾岸芙。蓉。綻。豔。紅甚。恨壘壘。一水無從。共。飲。好。秋。光。不知　台壺於酌酒吟詩之際。亦曾念及鄙生否。寄來題畫諸詩。經屬張君商定。適社友赴闈告便。伏順道費交。倘邀　藻鑑。即惠　華牋。俾免懸懸心下可也。

寄鷺江陳南谷

別我經年思　君鎮日目渺渺以徒極心搖搖而詎
傳懷舊而以重聯何時促膝感傳雲而起怨幾度廻
腸相會難期恨長縈而弗絕所思不見愁欲翦而偏
長想像徒然吁嗟曷已同悵望兮月千里邈音塵兮
天一方消今夢去追尋迷而弗遇由是興來造詣見
亦何須用裁芝蔻長牋菅鳥絲而寫恨旋向梧桐小
院彈綠綺以消愁無如籬腳風涼蕭聲暗動離人恨
樓頭月冷笛韻偏驚旅客魂懷好友於暮雲輕車欲

駕緬伊人兮秋水溯棹難尋既未覿夫光儀欲鑄
我浪仙而脫鈔送深思夫 雅渲亦淋伊公子而買
絲轆作相思愁深湘水無由把晤感甚渭城欲遣離
情用達魚書而廣意藉傾積悃爰傳雁帛以紓忱惟
期早辱 雲箋俾得如親 水鏡則心自殷夫拜祚
而感且甚於佩蘭順候 升安統希 斗照不宣
夏鷺江李煥圭
比得 台臺所作書濃纖秀勁風韻益饒洵不歉黃

庭初寫矣。爰裁竹素爲方。再作無厭之請。章於扶意時一揮。藉資學楷臨摹本。於勿以人鉄勞形想也。秉時 寳書不肯爰與璧返芙蓉石印三枚。所作篆並難方駱漢印。恐未之登 大雅之堂。奈何。

復鷺江胥梅仙

憶最高樓。共叙迎春樂。早令。眷戀。情深。於桃花水笑。無如。送盡。海棠。春爲風。心竟。作離亭燕。相思。兒又來。先。寫。稿。似。小。重。山。也。昨一封書。遠報秋光好。覺行閒。

字。字。錦。排。成。讀餘。極。惜。分。飛。於。南。浦。空作。桃。源。憶。故。人。想。別。值。霜。天。曉。角。攪。亂。九。迴。腸。不忿。今。我。無。愁。可解。今。約明月棹孤舟。滿藏佳美酒。訪却一江風景。行嘗坐海潮乘下水船。得以常相會。藉訴衷情。

復吳論學

世人多以刻篆可不學而能。鄙意初以為然。迨觀漢印備致。及諸名家所存譜。覺一點畫。俱有楷模。又未可輕為小技矣。蓋古人所稱鐵筆之能者。必其精通八體熟悉。六書。復解運刀法度。庶臨時刻劃。得心應手。妙在自然。若篆法未嘗講究。僅曉奏刀。便稱解事。則字義先以不諳。所為文必多杜撰。究何足登作者之堂哉。僕於鏤螭雕蟲事。實欠師承。間有所作。猶之圖鬼欺人。殊難就正於有道。因知風雅如君。何亦不嫌薄藝。而以妙印令鐫字。

安鷺江呂淵甫

昔人墨寶。推美右軍。要因行筆法。散朗多姿。舉足備楷模於後世，故藉甚聲名，所以獨垂千古與。台壺書法遒勁有餘，神韻亦風流逼肖，若與蘭亭諸帖並觀，賞鑒能分其優劣。若紈扇一團，仰邀 揮灑，幸勿以無山陰鵞而吝筆也。 貴友丹潤堂摹篆圖章，甚恨於神奇工巧，各法均未得其形似，恐呈 大雅匠觀，必將意不擇能所使矣。

寄鷺江蘇笑三

花中十友，梅最愜心，久欲借 生春筆寫其真容，俾鄰。懷。之。殷。夫。奚。笑。者。可。毋。俟。於。巡。簷。矣。況異日披圖見畫。如親　雅度於花開時。豈不。較。勝。贈。春。之。韻。致。乎。祈毋以筆楮係慳。靳不與人為荷。

寄劉家石

昨東月色。邀訪　蔡亭。適值琴德初撥。靜聽一絃。覺悠揚逸韻。猶繚繞在紗窗間。洵足盡彈絲之能事矣。僕質甚鈍。意欲從　君學一徑。提攜。藉作消閒散悶之資。幸勿。如。嵇。中。散。以。聲。調。絕。倫。自。秘。也。

贺钱子復新春 丁丑

天上春來。人间春滿。念 春晖之下。陽。懷春樹以維殷。即諗 子復仁兄春履凝禧。 春门纳福。 文新春景。氣機儼春日騰雲。 賦麗春花。聲調洋春風鼓物。遐思 春度。益繫春懷。愧弟春事。紛纏。幾等。春蠶。自。縛。春情。鬱。抑。難同。春。鶴。無。拘。爰肅春牋。遠呈 春廑。敢邀 春照。冊名 春音。

贺蘇立軒新春

不聽　春詞幾經春序春遊難與春懷愈殷際此節
換春桃喜溢　春門之瑞旌值旗同春柳祥凝　春
塵之光伏維　主軒仁兄春祜咸和　春祺豫順
序春園之樂事遙知　椿樹春榮　娛春團之歡情
料得　棣花春茂迴憶春醪共撫醉飲春蘭豈期春
燕引飛愁紫春樹　春容莫掬春詞誰續第以虛度
春時未成春業適值春澤之動念爰煩春鳥以傳情
順頌　春安並祈　春照弗宣

賀劉家石新春

玉○門○春○度○春滿○柳○條○寒谷○春○回○春生○梅○萼○遐念○

春○壺○伊○邇○雖能○易○訂○春○遊○詎知○春○壞○畏○分○究竟○難○期○

春○會○恭維

家石仁兄春祺日棣○

春祉雲蒸○霞蔚○

春○朝○遍覽○春○山○而○放○眼○

觀飛○春○夜○聞評○春○月○以○伸○

懷○憶○微○材○屢○沐○夫○

春○膏○

恩與○春○天○等○大○惟○洞○鑒○

頻○沾○乎○

春○潤○

量方○春○海○還○深○引睇

春暉○珠殷

春頒○愧

弟事○勞○春○耕○罔知○春○日○之○生○滿○才拙○春○鳩○空

負○春○風○之○多○麗○縱欲○聲求○春○鳥○籍解○春○愁○其如○跡阻○
春○光○翻增○春○悶○差拂○春○殘○而○寫○恨○敘傳○春○簡○以○緒○情○
頃清　春安○即希　春照○不宣○

賀吳綸堂新春

遐思　春屋○遠隔春江○蹤莫聚夫春萍○念惟榮乎春
樹○際此春○來○鼇○海○萬家○早○換○春○符○春滿○鳳○城○雙闕○新○
頌○春○曆○用是接○春○醪○而○動○念○隨春○靄○以○傾○心○恭維
綸堂仁兄春門無彩○　春宜延釐○　筆幻春○花○畫比○

春雲還麗　詩新春艸詞方春露尤清　品花格於春朝仰羨春情多雅　飛羽觴乎春夜逢知春興甚濃想像　春容殊縈春念愧弟春華虛度儼同拙性之春鳩春事多忙幾等勞心之春雀致春霞難登春院春會空般唯春釭寂照春窗春愁遞積爰將春帖敬祝　春禧順清　春安即希　春照弗宣

賀錢子復入泮

稚檀詞鋒終須脫穎亦竟有韜光久不發者要因運

會有其時耳如　台臺濟厲功深筆氣若新硎之發
宜其早捷文場藉酬大願何期困頓至今始及鋒而
試乎雖出匣太遲未足消其磊塊然斫桂蟾宮探花
上苑秉銳直前則泥金喜報應屬諸指顧間行將拭
目俟之緬此日歸榮衣錦不知　堂上老人何等眉
開眼笑拍手大歡也至　尊夫人、如夫人、暨令子姪
輩、當亦歡喜欲狂有那揣筆所能形容其萬一者想
我　兄臺、芹香初染樂且未央知復對嬌妻美妾慧女

佳兒。眼前羅列。或鬥態以爭妍。或妝嬌而作媚。不無以人間第一樂事無逾此也。何如何如。

代慰道試見遺

文章有價。知遇為難。此一衿之博。常有負瑰奇而苦見售者。如 台臺以天縱。才情宜早冲天。飛去作霖雨。以濟蒼生。何辟雍泮水。相靳以登雲之路也。然久困蛟龍。縱得雷聲一助。便能浪破三千。豈終屈守池中。說甚願耐心靜俟。定當有奮發之時。祈毋太咨嗟以自苦也。

叟鷟泛曾如山

小春月樓獲誦 華章。似頗以摹雕之晶印。該篆字未能秀媚為嫌。風雅如 兄。豈不知圖章入妙處。專以離奇古怪為雅觀矣。若必以字畫均平稱善。恐與匠雕木版無殊。必為鑒賞家所不取。故放膽為之。如不入 高人眼。尚可磨而更易。何如。 惠貽上海蕤西洋布。敬望風拜領矣。肅函佈 謝。羽往神馳。

賀吳槃三新春 戊寅

梅腮襯白。柳眼舒青。春景又一番點蕩矣。懸想 台

壺椒盤。甫薦柏釀。倏斟其饒逸趣於芳菲節者正多。

快樂。謹肅華箋。因鴻遠候。

賀吳燿卿新春

春梅綻玉。春柳垂金。當春天獻瑞之時。正 春屋延

釐之候。恭維 燿卿仁兄。堂凝春靄。室滿春風。

醉寫春箋。佳句與春光俱麗。 閒揮春筆。好圖偕春。

景。益。新。　頌春。釀。於。春。園。宜。見。　春。情。氣。趣。　品春。
花。乎。春。院。遙。知。　春。興。甚。豪。引睇　春。容。殊形春。意。
愧弟春。居。忙。碌。渾春。燕。之。啣。泥。春。事。紛。纏。譬春。蠶。之。
作。繭。負春。華。兮。慚故。我。歌春。樹。兮。冀逢。君。無如。踈。意。
阻。夫。春。息。以。故。懷。空。殷。予。春。雀。羨鶯春。來。報頌　春
禱。順候　春安。即希　春照。弗宣。
託邱郁文薦館地
久悵。離。羣。難期。聯兩。恨　徽。光。以。莫。接。嗟鄙。吝。之頻。

生故動念厥傳雲懷思難歇而測情夫落月想像停
啟比諗　郁文仁兄大丶履祉雲蒸　升祺日茂　筆花
吐豔文情偕錦繡齊輝　詞藻揚華韻語與珠璣並
麗　室滿藏書之笥傳可探奇　門多問字之車能
資殊異遠企　仰輝空縈鄙念愧弟散樗猶嗤浮梗
依違難有厥於畬經窮闡懷夫稼硯由是遙傳尺素
仰仗　引援庶幾借重　片言得能棲托行肯感
吹噓於靡既銘肺腑以難忘騁也有無幸早遣來鴻

俟○謀之成否○毋敢望斷鴻如○順候　鈞安○即希　鑒
照○弗宣○

代邀友赴餞筵

辭家作客○居多興遠適懸○何　台臺決計南遊○曾不分毫眷戀○可為銳於遠圖矣○將來滿載榮歸○允堪操券○閒行裝辦妥多時○專俟便輪飛渡耶○用潔薄筵於月影樓○聊敘陽關杯酒○相與暢敘幽情○并聽韻珠香玉輩○鼓銅琶○歌豔曲○藉資唱驪可也○

寄陳廷瑞 乙卯

閩垣三復，趨謁　尊顏，備悉東瀛開考事，然由內地主董大言招怨，致使彼都人士，欽恨甚深，巧弄機關相挾制，舉凡插卷補考諸成規，悉嚴杜絕，因而縣試後期者，俱弗獲附名進存。　台臺東渡稍遲，幸覓有便者，得遂觀場之願，不致空走一遭，是亦不幸中之幸也。但願文章見賞於司衡，以無負着番跋涉，則不特　君家喜溢，知交且與有榮施矣。別後雲山縹緲。

並雁香港。有曠布將逆旅中情景。詳報一書。藉慰離
居掛念可也。

又陳白珩

長江深澗。鯉信難通。唯有臨風想像。徒結愁思耳。日
昨傳來 錦字。知東渡被風。諸多磨折。閱者莫不寒
心。況 台臺親歷其境乎。及讀至觀軍文陣。名列前
矛。復有延為西席者。館金亦頗豐饒。又不禁為之歡
然起舞也。閱闈考事。業奉憲文了結。則府道試期。料

當不遠。吾　兄正好磨礪以須。奪赤幟於童子軍中矣。弟吾耕如舊。無可說聞。唯家人順遂。差堪告慰耳。肅緘祇復。無任翹瞻。

寄僧慧淨

大德士為沙門上人。日喧梵唄。久闡真如之密諦。則說。法。談。空。誠。可。作。昏。衢。之。智。燭。矣。日昨飄來　貝葉。欲作東林招。我聞如是。早銷除都無限塵煩。唯以。俗。氣。纏。繞。恐難。如。願。將使。般。若。慈。帆。空懸。待。渡。耳。　禪

師工画金鱗。其游揚神氣。盡濕毫端。令人輒作無厭
之請。知法。門既。以。方。便。為。心。必不。悋。此。筆。墨。錄。事。也。
洋楮四張。敢煩　長老於翻經之暇。為作天機活潑
圖。藉得清俗眼於塵凡裏。是為至禱。　靈印兩枚。頃
經鐫就。乘便送歸方丈。但結。構。不。佳。一經。法。眼。不
無。破。顏。笑。也。

寄湯岸族兄用志

貿易場中。動稱管鮑。何令人景仰一至於斯哉。間嘗

致其所以然。衹緣不較分金多自與一事。實為後世所難能。此其名於以獨高千古與。今　兄臺與興柱叔販茶一帳。連年算結不清。彼各欲以旁人飛語激而為鷸蚌之持。雖權操必勝。亦屬無因。況又有未必然者。知明智之流。當不肯爭此閒氣也。念吾　兄大度汪汪。素不縈情夫阿堵物。已無難繼鮑子之芳蹤。且生平亦善準情而酌理。必能俯聽調停。釋却數年積怨。以善始終。倘所言足入　清聽。不日即邀來知契。商其可以兩全。俾歸了局。總期降格相從。毋得仍前阿執。使我左右作人難也。

寄葉谷唐

驛西分袂後。極思再挹 芝暉。藉得傾談積悃。俾暢情懷。其如別易會難。徒有臨風悵望。迭作依依耳。歷篆圖章。愧未能表法印燈。愆難邀賞。夫精於此道者。幸附巴吟。都無紀律。想騷人一覽及斯。將莽捧腹矣。惟是拋甎。儘能引玉。爰忘謭陋。就正 詞壇。

年來柳鬱有誰如。不偶多因禮法疏。愧我微材同凡
礫。知君大器比璠璵。文章富麗寫情寫。韻語清新素
抱攄。以君七夕感懷詩有惜命文章難乞巧多情山水又經秋之句憶昔佳篇頻盥
誦。盈胸磊塊盡消除。前於鯉化亭陽館次得盡讀平生絕妙詩文至今猶香薰齒頰
馬齒空加愧此生。都將雕篆誤聰明。夏商彝字摹難
就。秦漢碑文仿未精。鎮日惟期金作友。終年迭喚石
為兄。愧余以有用之精神半消磨於刻篆勞勞不及君閒適。垂釣東溪
愜素情。君愛清遊而有東溪釣月圖小照向攬古畜情畫寫自題詩裏令人艷羨不休

寄葉生函

前於　貴館見藏有金石韻府一書。覺所修三代秦漢以來篆法。似較郭忠恕之汗簡。與畢弘述重訂之六書通。更覺繁徵而博引。極欲購求善本。備資攷古。然忘卻篆訂姓名。及藏該書版所在。即不識典衣以市。究竟難償吾意願。蓋以平時到得泉城。遍詢各鬻書肆。並言未有是書。因知　兄長得來自何地。幸即詳言出處。俾知售賣之區。便於託購。

賀陳廷瑞新春 庚辰

自違雅度○頻動懸思○節因逢夫拜日○心更切予傾葵○比諗台壺、起居集慶○動作延釐○佩帶迎年○瑞兆仍徵益春○閭閈諍歲○祥光聿著升祺○行見不知○步實難進○非如弟也、才非應世○命不逢時○慚振作之無能○空淹壯歲○悵漢獻之末裕○曷振丕基○所望時頒簡札○藉作箴規○用當勝序○恭祝新禧○不既○

賀陳白珩新春

池冰破。玉圍柳垂金。當麗節以閑情。緬芳型而動

念。恭維 白珩仁兄時逢履泰。運籌升恆。面讀

桃。花。料得。 花。儀。加。澤。 胸懷。柏。酒。從知。壯。志。益。

騫。引睇 鄉輝。倍殷忭頌。愧弟薪勞猶昔。匏繫依然。

輒慚屈蠖難伸。空羨搏鵬遠奮。用因勝序。恭祝 新

禧。順頌 春安。即希 雲照。弗宣。

寄林漢章

花朝後浪跡鷺江。甚感款留　盛意。濶別以來。因無
月不望風繫念也。　屢篆圖章。經作兩番彙寄。諒檢
入矣。時何竟不因回雁與宣因。　貴兄。繁多。無遑及。
此。抑或。近。時。淵。亦有。殷。洪。喬。輩。竊效。石。頭。城。浮。沉。耶。
題畫諸詩。俟再推敲一二。準奉　台觀。唯恐山邨樵
唱。無足瀆雅人之清聽耳。伏採耳璫。要取及時花樣。
雖聲價累昂。亦為不惜。但期就際寄來。藉資急用。是
為至禱。

齊曾世兄康亭老

小春十日。翹叩 崇階。聆談間，偶及雕蟲餘事。而引據甚宏。足匡不逮。將來藝事有成。要從 台教揣摩而進矣。 委篆圖章。謹即留神刻鐫。唯恨不能作一奇觀以邀 雅鑒。故心殊覺歉然。想方家一見。亦將嗤薄技尚未精也。已吟十首。緣契友林君索題畫折枝而作。恐音節多有未諳。仰祈 斲政。俾免一邨村調。俗識貽笑於風雅家。是不盡鄙懷之厚望也。

東風昨夜不禁寒一種天香放較難酣酒未醒誇國色同誰鬥豔倚雕欄

題紅牡丹

嫩寒香裏蘊精神占盡人間第一春但願冰霜長作伴肯教玉質染紅塵

題白梅花

海上曾傳駕八鸞凌波羅襪欲生寒明璫珠珮為誰解獨立江皋夜月闌

題水仙花

憶昔楚王最寵姬歌聲舞袖擅當時歌聲夜帳今何在舞袖於今尚自披

題虞美人

嬈嫋神仙品格奇香曾銷骨醉入肌新晴睡起嬌無力屢付東風好護持

題海棠花

纖枝嬌媚映秋波。似翦猩霞襯綠羅。記得花時閒領畧。濕紅浮影韻偏多。

芙蓉花 題句

玉蕊瓊枝浥露開。妙香清氣滿花臺。似簪。鉛。搯。誰。雕。就。道是。天。孫。皓。墮。來。

玉簪花 題句

幾縷煙將翠羽籠。昂頭突兀點猩紅。欲飛。還。之。知。何。事。擬向。階。前。門。曉。風。

雞冠花 題句

翩翩翠羽繞朱欄。彩散風前作幻觀。都羨輕紅顏色好。美人爭染指頭丹。

鳳仙花 題句

華胥。仙。種。好。分。栽。曾帶。瀛。園。舊。夢。來。祗恐。美。人。酣。睡。從。朦朧。亂。撲。落。芳。蕊。

蛺蝶花 題句

復錢子復 辛巳

憶元春二十四日。於文場應試時。得洪君以 惠書緘畀我。適值搆思焦燥之餘。一經披誦。不覺神氣頓清。文意亦隨而暢發。心甚快然。獨是獎譽過當。轉令抱歉難安。蓋筆尖可橫掃五千者。原屬文壇飛將。若弟以弇陋之才。本無足齒數。即觀軍文陣。亦不過隨人逐隊。安敢望其搴旗乎。果以負腹見慚。敗兵屢屢。竟無足慰 關垂之至意。可愧為奚如也。

寄鷺江陳其仁

久隔芝輝頻深葭向因覩園花之甚麗念懷渭樹以維殷即諗台壺對景延禧隨時得福才淺倚馬慕情寫而佳什聯珠品擬猶龍逸趣象而清詞屬玉遐思雅度甚慰鄙懷弟本勞人忍聽春風虛度兄識知己可嘗夜雨相思爰憑子墨以陳情遙祝竹安有日亦罄寅丹而展愫載賡華茂為春順候宏禧即祈垂照不宣

與同人重訂春遊

風雨連天。竟負遊春之約。若稍得晴和。便欲與 諸君共上輪山絶頂。坐聽流泉於留月巖洞。以清塵慮。幸準備偕遊。慎毋以春陰敗興。不復穿登山屐。欲枉却一東風也。

寄鷺江歐陽慕萱

國初蔡思日先生。極言刻篆無殊於作字。蓋以鐵筆縱橫。均須有法。至印文之疎密濃纖。又毋得分毫苟簡者。如　台臺所有刻劃之圖章。其作篆與揮刀。並臻恰好。久見賞於鑒賞家。顧辱以　佳瑶案刻。毋乃阿所苟而不計妍媸耶。勉承　台命。鐫刻成章。特恐小技無奇。徒足取大方家之姍笑耳。奈何。

寄錢子復

自違　雅範。春又將殘。極欲重遊鷺島。相與暢叙幽情於水石間。其奈俗氛纏擾。徒令九曲迴腸。長增鬱結耳。　台臺設帳　家。館穀頗稱豐厚。而主寅亦相得甚歡。視弟之訓蒙鄉塾。束脩薄而責備多。相去奚啻天淵哉。所望時頒 雅教。藉滌塵懷。幸勿託辭推諉。曰欲寄魚書無由達也。

賀林都尉榮任右廳

一離 星標。重看月鑑。回念長蒙 樾蔭。此懷迭切葵傾。頃逢滌暑冰頒。瑞繞 龍韜而煥耀。旋慕含風葛賜。祥凝 虎帳以星輝。恭維 漢翁仁兄履祉延禧。與祺集祉。術精。韜。略。何慚。將。種。嶽。聲。 才

裕史書不歟　名流雅度羨此日弘符　坐鎮遙知
競渊　能軍知他年鑄券　銘勳定見交推　傑帥
因臨風兮豫頌蕘指日兮　升遷翹企　鷹揚勗勝
催躍婉弟讀書不違耕硯鞅荒極思投筆從戎不復
擁鐙講學如堪　錄用弗辭隨鐙之勞若荷　生成
應切啣環之報緣相知於有素敢憑子墨以陳詞亦
屢感夫　垂青爰罄寅丹而布悃懇期　洞鑒藉遣
塵懷順候　鈞安即希　愚照不宣

寄陳白珩 壬午

日昨叩違 雅範。安抵旗江。視館舍經鋪張妥當。特嫌近市紛喧。難於習靜耳。 台臺與東道主人。既相知有素。為期撥暇時書。令閑讀子弟以循規。其勿怪先生之席責而有煩言也。至若番同渡諸鄉友。唯林琴航以會悵而來。必不久羈於此地。則一紙平安。正好憑渠傳報。如其歸棹為遲。總望我 仁兄。妥為速致。免煩親念以難安。是不盡鄙人之至囑也。

寄錢子復

別甫經旬思常鎮日縱使登堂有歡其如縮地無
術就諗　子復仁兄、靜養園林優游里閈正喜
蘐榮堂北日　承顏兮洗爵以為歡還因蘭茂陵
南時　繞膝兮牽衣而可樂遐思　近況定慰遠懷
弟以耕硯頻荒忍別吾親而遠離渡臺未久常懷彼
美以難期風瀟雨晦之餘誰憐孤寂月落星稀之際
倍覺無聊爰將虎僕以紓詞敬遣鴻奴而致意書如

到日望切　還雲順清　斗安即希　斗照不宣

寄洛安莫泰三

久殷慕藺頻切瞻韓歡方聚以萍蹤願大酬夫蓄臆正喜神情契合附驥開懷其如會遇緣慳歌驪動感知此日　君留鷺島半居不少素心恨斯時僕抵鳳山逆旅難逢青眼作客既無知己唯　君為最可人憶　贈言實屬多情披　貽畫洵堪記念竊歎揮毫入妙堯肯徐黃旋欽　着手成春能追顧陸故名士

交推　妙筆蓬萊者勢欲垂涎而飛人一見　奇圖
屢求者聲常聽耳由是心殷一片再擬相煩苟荷
諾許千金仍償所請秉便寄去素牋八幅有閒希將
彩筆　一揮或寫仙靈或描人物或圖花鳥或畫草
蟲總期　秉興而筆隨毋過　經營而心苦唯望早
煩　妙手幻成紙上之奇觀庶幾長慰渴懷消去旅
中之沉悶則荷　高情心無極亦銘　大惠於靡窮
順候　清安即希　專照弗宣

復張子庚

初來海外無可與言歡唯日向江樓寂坐閑聽風濤
捲雨聲耳比日來無聊甚幸明 惠簡遠施捧讀
間不覺神情頓爽恍似晤談於里落盤桓時客懷快
甚蓋以地限長江把晤原難遂欲得緘書亦足開懷
願我知交常加意焉

寄張棟梅

遠隔 芝輝頻殷藿向况難通夫鯉信其曷免願亮

思比論　台壺履祉綏豐　升祺茂豫　撫青氈而
講學　望重詞林　垂絳帳以傳經　聲高藝苑遐
思　雅度極慰愚忱　邦如弟也作客海東　殊難駐足
依人籬下　不得低頭迴思里落盤桓　幽情暢敘　飄似
鄉間蹈踏　鬱悶難伸　爰肅寸丹　聊為遠訴　尚祈　尺
素　勿吝遙頒　順請　辰安　即希　丙照弗宣

賀五文苑納寵

儔知　艷福端付　情人縱前生未有因緣何此日

能成眷屬比維　仁兄新諧佳耦　正獲麗人　寢
等媚香蘭麝氣心心馥郁　花能鑄恨溫柔情愜意
纏綿料應我見猶憐殊覺鄉真可愛知　仙郎新歡
得意幾醉瓊漿想　倩女佳會從心心應醲玉液雲山
雖緲難探　五洞之桃萍水如逢必覩　蟾宮之桂
用是先伸歡撫賀庶幾稍慰夫雀懷悵候　清安即
希　雅照不宣

寄從堂姪泰平

分住臺北府新竹
縣屬之仕林庄

同本至親。各散居於海外。故守祖寒寮。凡遇春。秋。祀。
事。輒歎。同。仲。尊。叔。者。遠不。及。當。年。之。盛。也。憶癸酉秋。
函報尊翁逝世。至今猶復酸心。蓄恨不能飛得到東
瀛。相與罄談情懷耳。況若翁回修祖墓。於記事渡臺
時。有言三五載後。將率而昆仲。同省故墟。俾知本源
之所起。何彼。蒼。竟。嗇。以。遐。齡。而棄。先。行。其。所。欲。不。愈。
今。我。追。思。別。話。而。神。傷。乎。願姪輩父志是承。務必歸
來一省。以無忘祖德之留貽。庶不愧爲人孫子也。

寄張子庚 癸未

那漏　臨堂。以不得見　台光為悵。緣近日擬渡東瀛。極欲與　仁兄傾談敘緒。聊解離愁於萬一。兼備有極恬及扇衣。仰煩　揮灑。俾帶到旗江。見墨妙如親　道範。詢芝稀情。聿毋揺筆。特懇。

寄家弟玉庭

中和節後。準備東遊。未審輪船之名利士者廿月半間能得渡臺否。幸查確耗。飛信示知。至望。

代致恆春縣蔡

辰司。春。帝。歡看。春。曆。新。頒。月紀。春。王。豔羨。春。觴。競。獻。

懷　春。澤。汎。頻。沾。冀　春。膏。之。再。潤。恭維　雨蒔大

人、春　社。雲。蓋。　春　祺。日。楙。　恩承。春。殿。春　城。喜。溢。

澤。　餘。恩。　化溥。　春。臺。春　野。歡。騰。歌。　雅。化。　勸

春。耕。於。春。陌。爭　誇。　春。惠。覃。敷。　勤　春。課。乎。春。衛。競

頌。　春。功。盛。著。仰　聽。春。歌。贊。美。行　看。　春。語。　褒。嘉。

統冀　春　陛。光　仲　春　賀。媿　帝　春　陰。虛。度。拙　等。春。鳩。春

闊送增勞同春雀唯有遐思厥　春蔭歌春樹所纏
緣亦因引歸夫　春暉切春氣以傾向處修春來敦
祝　春禧順請　春安即希　春照不宣

寄錢子復

花朝後遇謁　台階得以傾談情愫使胸臆頓清別
來未幾鄙吝復生而萍蹤遠託無足與言歡不愈動
我愁思積年已久處肅尺書敦遣飛鴻所廣意特未
知愛我如　兄者亦嘗念及海東遊客否

寄陳其仁

酸梅黃落。暑氣漸苛。顧安得清風颯至。滌我煩襟於逆旅中乎。念 台臺清論似冰。聞者心脾胥爲爽豁。則聽 塵談於此酷烈天。將勝服清涼散矣。第恨長江阻隔。飛越爲難。若得 芳緘遠錫。亦足銷盛夏之炎威。願知交者毋金玉爾音焉。

复林溪章

獻課郡蒙。屢懷投筆。奈舌耕而外。靡有他能。以故硯

回屆郭。而終莫釋夫寒酸。　來青過譽。適足增慚。何
柳。知。有。素。而亦。作。此。謏。詞。恐非。所。以。稱。夫。契。友。者。別
後相思。非促膝傾談。何消積悶。擬　學獻按臨泉郡
時。準即歸來與試。俾與　台壹作十月歡。但未知肯
援赴都程日。逢我於古白鷺洲否。

寄陳白珩

東遊三月。竹報未通。意萱堂倚雪閭。將如何掛念。伏
寄家書。甚望留神速致。俾慈親畧得安心。則感　高

情篤靡既矣頃逢伏日暑氣如蒸溽　台臺會作秉
涼於醉舞酬歌之際亦嘗念及酷熱中有識故人
如弟乎爰揮汗草作函書謹附溫風以候

上家蔡院謙亨歸吉六

久違　樾蔭頗切葵傾懷企慕以維殷悵擷聆之莫
遂恭維　老伯大人禔躬集祜福履延庥政肅
烏臺遙著隆勳於柏署班聯蒼珮室邀睿
眷予楓宸稱鐵面於敢言寵章頻錫雙龍

翮。懍丹。心。以。禪事。襄誥。輒頒。五。鳳。樓。額慶奚
如。心儀曷極。愧姪才非應世。學不猶人。既難采夫芹
香。終有慚乎木朽。比痛前賢封域。頻被戕傷。都緣末
裔散居。莫彌禍害。雖欲興詞構訟。誠憂本邑令。難於
迅究混境。恍期曉諭善謀。藉使先鄉賢得以長安
抔土。臨風翹首。令族傾心。順頌勛安。仰期福照。
弗宣。

叟晉水周北湖

月前莊誦中秋即景詩。覺格律森嚴。推敲盡善。洵得力名家者。奚能臻此。雖索和甚殷。終以才情弇陋。未敢勉從。比承　台命彌堅。勢難固卻。爰索枯腸。聊為塞責。恐經　巨眼一觀。行當作數月惡。奈何奈何。

暮雲收盡氣沖融。閒擢輕舟月滿篷。此夕人間潤玉宇。何年天上啟璇宮。秋清有色涵蒼海。露冷無聲落碧空。擬泛靈槎虛赴約。每因抱恨病文通。時以江澄秋抱病

知君藻思本靈空。不羼襟懷約略同。大願曾經翻宦

海前身應是隸仙宮。騷壇慣壓情偏適，菊部閒評趣不窮。以君遊宦浙江、恨品秩有難超補、想然辭歸里落湖、抬情嘯詠、並愛品俗、著成妙集、如此詩才甘下拜。可能許我坐春風。

寄陳白珩

邇日渡東，平安為慰。記王摩詰雜詩有句云：君自故鄉來，應知故鄉事。客中誦此，不覺神馳。幸郎以近時風景詳示一書，俾郵亭旅客如親歷里落湖，或亦可免郤進思於海外也。

寄張聲和

香江日報，其主文者，欲藉烟室四友傳，故於敘引篇中先為四友擬名，因號鎗曰圖通先生，燈曰光明處士，斗曰耐熱上人，託曰經鍊侍者，由是隨名立傳，總題跋語於後，雖措詞悉屬詼諧，而言間實寓有規諷意，似未可以撰新聞者議論，居多詭譎，竟欲視為文章游戲也。録以呈 觀，諒不以吾言為未當。

寄江瀅秋並贈以裝烟之斗與託

雅叢　幽棲偏饒勝境常欲相從暢所遊輒因紛冗事難於遂願擬待到重陽輩挈兩三瓢酒相與攀躋互鼓與之巔罍作異鄉登高會共澆却萬種愁宜亦吾　君之所快也頃有耐熱上人與湮鍊侍者自甓江挾以偕來薈嘉其煅煉既深兩且脚能藏蓄性不屬燒各具有殊能若得燒丹仙客於研窮吐納術之時聊借燈光一指點便能噓氣成雲念　仁兄夙負有餐霞癖遣以造隨左右要當樂與數晨昏也

寄臺志順

作客遐方。輙縈鄉思。矧當歲序將闌。能不愈動我歸與之念。予閩利士輪船。翌日決來渡客。擬淩晨即赴安平。恭恐登舟不及。復為留滯。所由秉夜束裝致不暇與 兄一話別。此心殊覺皇皇然。一轉念及岸容舒柳。山意放梅。早漏都甦。春消息則重臨鼓鬣旂峯闊。行當不遠。又可毋庸悵離恨。天與相思海。得阻我云也。交以暫睽也。爰留尺素。藉當晤談。

賦月山房尺牘

同安謝祐修竹氏偶存

寄張子庚 甲申

比來鼓興視書齋適當山坳雖僅三椽茆屋而瀟灑可人且周圍擁滿鐵珊瑚樹但覺蒼翠叢生紅塵隔斷較去年之近市喧嘩若別饒勝境剖蒙而外儘堪靜養惟脩金約減三十圓銀恐難敷用耳 兄嚴相知得不遑陳梗概俾知近況之所以然與旋念遐方作客若得故人一紙書亦足開愁懷於旅次慰我知

定其句以珠璣為名也

寄張聲和

園花鬥豔，野草爭香，洵足動人遊興矣。擬詰朝薄酌於凹碧山房，藉賞春光雅趣，幸 台玉命駕賁臨，相與啣杯縱飲，逍遙紫陌紅塵間，慎毋以懶穿遊山屐，酷愛沉酣，鎖翠樓或致東皇笑拙也。

寄陳白珩

歷稽藝事，要唯都會繁盛，而後工無不聚，非然者，即

有奇能巧技亦必無從展郤精思故凡微殊工於小
市鎮者常莫得其人曠觀宇內約略如斯是誠無足
怪與頃值敝東家攜出髮笄釵兩件果以旗江闌瀾
匠之打銀唯壹郡始有精於斯技者屢修書伏我
仁兄為倩良工鑲接若能巧合無痕雖黃金減色
郤亦不妨其約髮之笄欲照式製成雙擬備花樣能
翻新異圖佳如或不能加美尚宜依樣範模較為妥
當該釵柄因嫌太短擬從折處以銀線股續長四五

分。又要微數體動。并重瀝真金。應費若干。俟竣工日。寄去清還。至費　尊神庸。當銘感。

寄鄭玉卿

頻日驚濤。殊增客感。適藏村釀兩瓶。擬晚間傾觴暢飲。敢屈　台駕早即過來敘話。相與共消遣旅愁。幸勿以非盛筵而固卻也。

寄盧潤堂

非偕　寶眷由安平附搭飛輪。幸風潮並順。抵廈時日方卒午。　尊奶以省親念切。迅去歸寓。擬到敝廬暫屈。準安排妥當。免介　錦懷。現海道籌防甚急。而時議紛紛。多以法夷既據有基隆。必肆行其無忌。度島滿門。復比不得馬江之險固。安保其不來騷擾。此亦迂拘之見。非真洞識時艱者。第則以法人之據基隆。誠利是間煤炭。足備運輪。且明知勞師襲遠。難以久持。不得不作此負嵎之勢。冀望要和。況駐廈諸夷。晏然如故。設果有心來擾。其同類必先聞風脫避矣敢憊寱於斯似。兄卓識。當不以鄙論為膚淺也。

寄林溪章

生人在世。其於禍福之來。常莫測其端。倪者第以法夷發擾臺澎等處。避亂旋鄉。適值荊妻病瘧。初謂世人染此。為厲易瘳。數延時醫診視。均投以驅瘧驗方。竊冀登時奏効。詎知藥草無靈。竟至中秋破曉。淹逝難留。雖曰死生有命。毋庸作奉倩之傷神。第入室而。淒。涼。滿。目。子女。呱。呱。又不。能。不。動。鼓。盤。之。痛。矣。

贺欧阳慕萱新春　乙酉

久。違。塵。海。頻。縈。落。月。之。思。歡。啟。龍。躔。倏。際。開。雲。之。節。比論　慕萱芸兄頌椒肇慶。圖。蘇。延。釐。諍歲。禧。凝。　祝富。貴。無。難。遂。願。　迎年。喜。溢。攬。韶。華。輒。暢。宣。機。莫。罄。揄。揚。良。深。嚮。往。兆。如。苐。也。駒。光。虛。度。蘧。歷。未。伸。因。撫。序。以。興。懷。寫。宜。春。而。上。祝。爰。欽　日祉。敬賀　年禧。祇清　升安。仰祈　鑒亮。弗宣。

齊林琴船

元春晦日適偕社友張君同觀白牡丹於　幕府獲
誦　雲翁世伯倡詠詩與　賢昆季律絕詞聲調偶
臻妙境即諸君賡和者亦清新俊逸各擅勝場慙余
謭陋素拙詠吟俚語庸無堪賡　聽唯是韻事難逢
縱得以山村俗調備笑談於　大雅之堂亦為厚幸
故率意哦成兩律總望　詞宗斧政
瑤葩高擁玉樓臺似向冰壺濯魄來秋水為神渾欲
語春風着意未輕開（以花心展放省遲遲）肯同凡豔爭承露自

是天香不染埃如此丰姿淘雅淡深宵明月好進陪
綽約風流映月來引鏡神韻傳芸臺一庭香氣雕璃
集滿壁新詞潄玉裁厭盡群芳能本色争誇貽穀萃
清才以黃祠堂原名貽穀賢昆季悉居於斯其邑人才情博洽風雅絕倫邑人士盡皆歡慕云
也和陽春曲博得方家笑口開

賀陳白珩午節

鏡鑄真龍扇傳畫鳳逢勝節于天中緬　芳蹤於海
外即諗　白珩仁兄升祺集美　與祉延庥　德可

錢祥符不須纏兵自辟　仁能濟壽譜冊庸繫命應
長引睇　鴻禧殷心燕賀羨寫雁牋緣積詞藉傳函
帛勸加餐順請　午安統希　乙照不宣

賀鄭玉卿午節

不數晨昏怨經寒暑望明月時深想像對芳辰倍切
懷思比諗　玉卿仁兄泰祉咸和　升祺恆楙　壽
分三雅酒傾黃雨痕染　衣襟　圖進五時花吐馥
雨香生　翰墨遊瞻　雅範儒慰晃私懷　弟鉋繫依

丞薪勞如故覩江河之漂渺難隨彩鷁以言歡歎景
物之推移擬託錦鱗而待問虔修尺素敬賀 節禧
順候 近安即希 垂照不宣

賀盧澗堂午節

江城吹笛海國奪標覩令節之纔逢懷 芳規以遠
陽比維 澗堂仁兄隨時得福 對景延禧 湯試
蘭芬 芳華沐兮適符浴德 酒斟蒲屑 煩惱除
兮端令延齡引跂 鄉暉笑如作硯愧弗俗累絲牽

無階　請謁更恨息遊跡陋難覿　面以陳情惟懷
燕賀心殷用濡毫而佈悃敬修尺素恭頌　節禧並
請　午安旋希　雨照不宣

賀張聲和午節

不揣　蘭言忽臨蒲序感良辰之作厲懷　知己以
難忘敬維　參和仁兄午祉凝禧　辰祺集祜　酒
傾蒲肴空消逆旅之愁　糉解粉團端益雅人之智
遐思　寫誼難罄頌忱弟以酬世未能與人多忤昔

年伻客輙蒙　福庇之恩與日俱　君宜切歡逢之
顧爰肅寅丹而展愫敘遲子墨以陳情順頌　節安
統祈　異照不宣

上陳小山先生

時人每尚眞書而篆隸擱焉不講即有學書秦漢字
者亦未能究臻其奧妙唯　先生於碑碣鼎鐘諸古
文無不臨摹逼肖誠堪與金石刻銘同資寶玩屏幅
數幀仰求　椽筆一揮俾壯觀瞻於蓬壁當無殊錫

以百朋。毛錐酬擢。愧非象管兔毫。聊供揮灑雲煙之
一助。祈勿以微物見嫌。是為至幸。

欽英養志

印章之作。篆法為先。且印文。多寡。其於。配合。成章。尤
貴秩然。不紊。而運刀。復要。無板滯。形。庶盡。雕鐫。能事。
弟於鐵筆未精。所作文多章強氣。即有所鐫。原無堪
就正者。何　台臺不以為嫌。反欲以石見屬。篆懇一
觀刻文。將呼負負矣。

賀廬潤堂新春 丙戌

難聯春雨，輒感春雲，懷春澤以頻沾，恨春江之遠
隔。因念春來鰲海，瓣香屢祝乎春天；亦思春滿鳳城，
樽酒空縈夫春樹。比諗潤堂仁兄，春門集祜，春
座延庥，宴啟春園，孰似春懷多雅；歌聽春院，
誰如春興並豪。遐想春禧，定符春頌。愧弟春時
勞碌，恍同春燕啣泥；春事糾纏，幾等春蠶作繭。所望
仍垂春眄，聊教春顧，以能償旋，祈勿吝春音，藉

使○春○愁○心○盡○遣○爰修春來○遠祝　春祺○順清　春安○

即希　春照○不宣○

賀廛志順新春

不揣　春容○頻遇春節○春遊難再○春念○愈摯○盼春○林○

豔○門○春○花○春開○世○界○懷春○野○香○生○春○草○春滿○人○寰○就

諗　志順仁兄○庭永春暉○　户凝春靄○　適春○情○於○

春○室○遙知○　清○室○春○濃○　娛春○景○於○春○園○耕得○　芳○

園○春○麗○迴憶○春○船○並○泛○歡淺○春○江○豈期○春○燕○分○飛○恨

添。春。水。　春壺。在。望。春樹。興。思。弟以虛度春陰。莫成
春事。春情。欲。訴其如。踈。阻。春息。春意。難。伸。得不。聲。求。
春。鳥。用修春帖。恭頌　春禧。順候　春安。即希　春
照。不宣。

夏林西叄

別不多時。思常鎮日。忽祥光擁到　琅函。以婚事經
為說。妥。覺此。段。因。緣。維。由。前。定。惟撮。合。功。非賴。　仁。
兄。為。理。何得。遂。成。謹先。臨。風。頂。　謝。俟吉。期。行。聘。備。

勸。醒。醐。聊報。 高。情。於。萬。一。書。此。區。區。儀送聘禮諸儀外。若各須充豚肩儀以致敬者。總期酌量而行。何必復煩紙筆致費 清神哉。比因俗冗糾纏。務必一陽來復後。方能赴廈訂盟。至于歸吉御。尚祈俯就同城。較為妥便。特懇。

寄蔡太三

前臨鷺島。於從勝快談時。輒言書畫事。必為圖章。意似極愛余之鐫印。因切思歸。空懷篆贈。比日間適雕八顆。唯是上溯陽冰。所謂神奇工巧者。都難取肖。恐無足賞。夫雅觀何堪就正。第念 仁兄既殷見賞。難刻劃無奇。肯不棄捐。用是專伻賫去。藉展微識。所求畫幅。若能乘便 賜來。尤為幸幸。

齊林西堂

三元肇歷。爭換門符。頃以敝親饒居。亦思新貼宜春。敢叨歲華書戶筆。推愛 一揮。藉生光彩。所擬對聯。如或難於諧叶。尚祈 俯賜推敲。曷勝翹企。

同心希管鮑。茂業紹陶朱。　同聲。歌。泰。運。茂對。碩。豐。
年。　同堂蒙艷福。茂樹萃熙春。　同文垂世遠。茂德
比春濃。　同壽。石。蜜。供。調。嵩。茂萃。沙。飴。備。薦。盤。　同
振主涯從大道。茂興事業守中和。　同躋。壽。宇。祥。雲。
繞。茂蔭。春。臺。瑞。靄。凝。　同培。聖。世。恆。春。樹。茂種。熙。時。
益。壽。花。　同迓新禧同萬。象。茂增景福集千祥。　同
日奏功無不和。茂時育物近乎仁。　同德更同心。鴻
圖競振。茂功益茂業。駿績攸崇。

復吳太三　丁亥

花朝前兩日　惠貽福祿壽星圖，敬即高懸堂上。其丰神栩栩欲生，知顧、陸、倪、黃諸畫士，皆不得專美於前。此友朋及見者，所由嘖嘖交稱耳。舍弟小條幅，如蒙就隙　賜揮，則感　高情愈厚矣。前因採買色綢，尚該東道主人一薄欵，那備四金，特煩敝戚轉交，有無着落，均祈復信　示知，是爲至禱。

寄林漢章

前到鷺門以匆匆返櫂不獲與　仁兄暢叙幽情別後頓增鄙吝伏祈是事千祈　鼎力代籌設法有濟定圖報効於將來詎獨鏤銘心版為不相忘耶

寄錢子俊

前造　貴齋獲觀歷代名臣傳覺叙事精詳足資攷古到湿陵遍問書坊都無是刻不識　仁兄究向何方購得句即　示知便於市買旋恐是書有難訪購極思先假一觀厥毋責以借書還書均須瓻酒不循

故。事。不。許。也。

寄鷺江族弟南山

聞點石齋有新照佩文韻府并淵鑑類函者。不知字體較之縮版真珠船。略大得此兒否。每部售銀幾許。祈致意查觀。　詳書報我。此屬。

復吳太三

曉窗無事。正深想像。忽郵人送到　函書。誦訖頓清積悃。　贈畫八張。其寫意傳神之妙。迥非時手所能

哉。謹當什襲以藏。用仗來伻。敬奉洋刀兩握。聊當報
璚。前託爲景符繳還石印三枚。未審 磐收與否。祈
併 賜信來知。免致心坎裏。挂礙無休也。肅緘祗復。
別徃神馳。

慰家工部紹箕丁父艱

憶攀談鷺嶼。審聞 老伯大人、尊體較之昔日。尤見
健康。鄙心竊慰。何期別不多時。有客泰回同者。過敝
廬言曰。 老伯已乘雲仙去。非但弔客填門。行道者

且為垂涙。初亦疑傳之非其真也。轉念所言既鑿鑿。
此心終覺難安。以故一承 訃啟。讀未終篇。不禁臨
風灑涕。倍益傷神。益恨招魂不返。無由再覩 儀型
耳。別 大人望重烏臺。為時倚賴。而所以 帡覆宗
親者。更為備至。此我族中。雖婦孺亦知愛戴。誠宜頤
養天年。藉作泉漳 樾蔭。何彼蒼竟嗇以遐齡。致族
眾不克永蒙其澤。能不愈增痛哭於無窮乎。然而數
之所在。原無可如何。總期 節哀順變。勉進將來。萬

不可過傷減性。反增往者以弗安也。弟緣俗事糾纏。弗克躬親弔奠。爰具帛儀。專伻表意。疏慢之愆。鑒原是幸。

寄湯岸衆族長

討該水埧。經官斷撤障防。而陳姓撤了布路。勢必大妨吾灌溉之流。非得有賢官長為之痛斥其蠻橫。則此案必無由定矣。徐張兩友。是事極相關照。擬中酬謝之儀。慎毋淺送。或致煩言。

寄族兄笏山 戊子

淫雨連天。擬沽村釀，與我 兄壺共澆無限春愁。使至，願移 遊屐。恐卻好風吹得來。幸勿迷於煙景而有遐心也。

寄堂姪泰平

琳嶺祖山，屢被欺心族蠹，串同地棍土豪，盜售風水。恐將來混佔滋端，有難計較。爰率所親，僉呈清禁。幸蒙 邑令俞公，示禁森嚴，似可稍除惡習矣。然迷非鑑不昭垂。後患恐難悉杜。唯是棉力已窮。則相幫成事者。深有望於 姪重革。臨風肅顥。企望 回書。

寄陳中翰柏苓 孫鶴孫

憶元春杪。陪坐熙堂。得以快聆 崇論。至今衷懷間。猶復朗朗。幸何如也。 屬雕玉印。以質太澤堅。而身首又極纖細。恐契力鐫之。或為崩壞。奚以續法琢成。故未能深入。所篆文亦少精神。知大雅如 仁臺者。一覩及斯。必將恚不擇能而使矣。

復外父黃錫和先生

李友屢離諸邨，特廿日經由崇茂茶庄，轉呈兩類矣。比緣赴試匆匆，不克盡行琢就。候府考歸來，準為記事。適有便伻，再將鑴成者付去，以便通辭。小屏幅四，并煩其秉興一揮，是為至禱。

寄陳際盛

坊刻書編，多無校對，故訛文錯出，行間往往有索人費解者。如前以尺牘達衷，所用華陰菩薩之典，俯賜詢蜀。愧弟素非淹博。猝然難曉其詳。別後研思累日。因悟續齊諧記。楊寶行華陰。見黃雀為鴟梟所搏。救飼巾箱。毛成飛去。夜雀化為黃衣童子。敬贈以玉環。其蒙恩報德。迥異人儔。細味詠書意義。應指是事而言。直以黃雀誤鐫為菩薩耳。用希寸函。敬獻諸丹鉛之側。為 芸史破一疑團。

復林漢章

頃接來書。以語蘭室所製信套。有光緒戊寅歲秋分。

大餘二。小餘二。千一百八十八月園人壽室主老長言事之語。不知何所取義。意是人當生於乾隆壬寅秋之八月。享年至光緒戊寅歲之秋分。計壽一百零七歲。核算所歷年光與置閏月數。適符一千一百八十八次團圞月。其言大餘二小餘二者。要以戊寅歲所餘四箇月。論月大月小正相等耳。至人壽室主老長言事。當是老長所居之室。名為人壽。言事云者。郎古今印說補。所言秦漢書柬。止用名印。後人有用某

言事。某啟事。某白牋。某言疏。等字極當。首是就知老
長之書言事以為緘封者。語應本此。決可無疑。

與朋儕論古今人印譜各有偏長

名流篆刻。多有可觀。雖所作不及漢人之精當。然端
詳其所以摹鐫者。則無有不合篆文之旨趣。刀法之
工夫。此古今人之講究夫雕蟲技。要皆心得心遇而
始敢存為稿譜。若嘗有僅曉擇刀者。竟淵淵然稱解
事。耶。昨閱來書。極以璞齋游藝。比不得梅軒印譜之

佳。若使覩及胡之森、徐學韓、劉給黎、侯給衣鉢所刻
印，與前明何、梁、朱、陳諸名作手，必將拍案驚奇曰：觀
止矣。亦曾知寰宇間尚有工於摹漢體者之爲愈與。
蓋印品堪傳者，不外神奇工巧，而一徧覽及雅人之
事。夫雕鐫偏欲各騁其殊能，亦猶之工於書畫者，其
風韻本自難同。僕故曰：世人之較湖能爲刻畫者，皆
其各具有精工，似未可於鋒要崝動間評其優劣也。
用託楷生遙伸鄙論，固知大雅以爲然否。

復外父黃錫和先生

十八日、遠臨渴岸。比那晚旋家。獲誦所頒 尊諭。知林君索謝甚奢。且急逼。若難於寬緩者。固知於意云何。爰據鄙臆。作一封書。兼備圜龍銀捌塊。專伻直送至客居。收時即檢回圖。 飭介附函將去。所餘恭乞代採天藍綢。月白苧帳衫料。旋祈就際寄來。俾得便於縫紉。藉供暑夏之需。項若不敷。幸先代理。謹此遥陳。順請 金安萬福。

寄林西臺

麥秋既望。承外叉貽書。極道　仁臺之怨詈僕者。口不絶聲。且怪弟於殘春赴廈日。不謁　崇階之謂何。是亦欲加之罪者。何患無辭乎。蓋彼時之浪跡鷺津。原偕敝族人。辦公龍海。約定行程。勢難延緩。其不克重登　君臺者。端由於此。他如撮合謝儀。緣辰下未能周轉。特在相知。必能見諒。於以遲遲不報。今既立字難寬。先奉餅金四塊。祈即　莞而存之。幸毋麾郤。

俟到歲闌。再圖酬謝。

與鷺江林海屏

年來刻篆。酷愛鐵鋒。凡石紋畧颯若。舉難於運筆。比承 賢世姪墻琢諸章。其質悉腐。然如蛀。故奏刀輒與心違。非故為草率以負 盛情也。

寄鷺江歐陽濟蒼

宗姪蔭勳久欽 令叔臺書法。極思求得數行。備作坐堂之寶玩。用裁屏幅四幀。直煩 賢世講代懇意以平時囿慣於磨墨而侍書。是必無難於敦請者。何期閱一周星。未蒙揮灑。和諒年來貴務繁多。無遑事及如椽筆。以致遲之又久耳。此後如逢有所追摹。希即此名道意。并煩走筆 賜書。藉慰却殷殷之歡慕焉可也。

寄葉生潤

昨接歡談。道 令姪術精裝潢。擬擱一肆於橋南。仍以六吉書堂名為號。囑撰楹聯。敬懇神右。初亦自愧夫庸才，有難於應　命，第轉念及拋甎者，儘能引玉，又不禁勃勃然念其固陋，率為之吟曰：六經最愛誅心筆，吉語長留覺世文。知　仁兄一見，必將大費厥推敲矣。

寄錢子復

平居坐論，每歎時人之溯溯然稱知交者，曾不幾時，遂相疵議，一為之推其所以然，其疏於世態炎涼者常多，即絕於情詞戲謔而起怨瘃者，亦復不少，如弟與林君遊居恒談笑悉本天真詎意亦竟欲以一言逆聽率效時流之刻以相繩若不念十餘年之結契者憶吾 兄知弟最深與交最久豈即從中剖解俾知此語本出於無心請勿著絕交之論焉可也

復林西堂

締交既久情宜無不可相原況受讒於工人一己語亦祇持平而論耳詎意 兄盡竟欲指斯言為有諷刺遂忿怒甚頻頒誚讓書若不管人之難於耐忍者因

知。盛。怒。難。回。必不。容。吾。以。置。辯。故任。憑。傾。所。欲。發。洩。
之。言。似亦。可。以。消。其。恨。氣。矣。何苦記。挂。懷。悃。屢屢。達。
人。所。寄。怨。試問。諸。心。能無。太。刻。乎。應給裁縫工價。以
昔年贏得諍歲錢。儘可抹消此帳。所由不早寄以完
歸。既　仁壽執以償來之物。必充為樂善緣。我潤如
是。謹備銅錢八百有五十。郎使內兄黃藹吉。於道試
旅鄉時。攜針　貴無呈繳。至伸謝儀。亦經於梅夏半
悃。恭修短札。附四銀圓。由妻父處道明情節。敬責備

言。幸毋再辱。

復鷺江族叔年松

既立祠堂。而虛祭祀。捫心殊覺未安。春間極欲邀同與事諸人。核算捐項帳款。以餘金置業。略垂備作歷年祀費。因知執掌銀圓如 筆者。竟以帳條餘款匿不獻。公甚至唆人相侮。且誣先大父以倡建斯堂。曾吞鼇坂石塘捐金九百。殊令飲恨難消。安敢復參族事乎。如得 少翁音來設法。知舉族當無有不遵者。

顧　宗台勸篤責臨。酌立條規於久遠。俾敎。化。事。無。
虛。不特。怨。恫。可。免。行見。熾。昌。矣。

　寄顏乃璪

題灊精舍。素無嫻習。況蒐釋典藏經。平日固未嘗繙
閱。究將何語以灊佛子。比因　台命維殷。强為塞責。
總社　邱改端書。免得仙姬下降。作白眼觀可也。
善哉大士。廣發慈悲。三千世界。共沐恩施。牟尼滿握。
胡以不遺。衆因。救。苦。記念。在。茲。觀空。說。法。喚醒。愚。癡。

聖嬰頓悟。拱手長隨。匆匆跣步。究欲何之。為臨。德宅。
肇。錫。祓。禧。

齊盧澗弟

澗別匆年。時形悵念。比聞鄉友道 仁臺近況勝常。
唯客年饑。失掌珠。甚為懊惱。使我。聞。之。不禁。臨。風。嗟。
悼。惜 尊。兄。之。處。境。若。斯。若。安得。不。傷。心。無。已。矣。然
而。氣。數。莫。逃。似亦。不。聽。天。所。命。千祈。勿。作。西。河。之。痛。
焉。可。也。適逢陳友渡東。托奉並頭箋扇一。希即莞

而存之是為至禱

致汪廼順

緩急相通雖屬友朋常事然樂應樂償尤交道所宜
在意也既念 仁台素存忠信其於泉布往來必不
致有分毫或苟者此昔年下貸銀圓所以一聲應許
原為權寄 君幣無異藏之敝處可待不時之需耳
詎意頻番告急不見擲還殊令莫解其所以然茲逢
歲杪諸事周章幸即原情歸款則受 賜多矣

寄族兄笏山 己丑

元春走謁。獲遂歡談。蒙 示以家藏銅印。其模鑄既極精工。而古色亦斑斕耀目。唯未識所篆為何文。擬攷諸金石韻府。以豁疑懷。別來五日。適搜及汗簡與六書通。始解所鐫文為謙受益一句。謹錄其詳。報知所本。諒 兄台一覽及斯。亦可以恍然悟矣。

復林溪章

鼂來海上。大地皆春。計 仁兄對此芳菲時節。定當攬勝園林。一新其眼界。何意　飛書遠問及鯫生。欲令隨潮到廈。相與啣杯樂聖時。初意不欲遙登雅集。無如春事匆忙。有難應召。爰布鄙悃。免懸　尊盼。順賀　春禧。并祝　靄胳。不宣。

寄族弟南山

聊以春寒。擁爐清坐。適披遠錫之　瑤函。轉覺溫和滿室。快何如也。唯見　惠狼毫。愧我於揮灑未工。能不棄其所與乎。　囑雕諸印。晨間悉已鐫成。卽託鄰人送去。答收是禱。

復外艾黃錫和先生

瓜秋四日。為弱息試周之期。蒙　賜綉帽緞鞋衫袴數事。謹當對使拜登。藉徵若子。永被。　恩榮。於靡已。豈徒誇耀一時。僅歌燦燦。予李友麐雕六印。前先付去三枚。其餘因俗事蝟聯。以致久稽報命。昨於忙碌中。一為鐫訖。用仗鄰人費上。以便趙歸。所求畫竹。如已揮成。即書罩款可也。

寄家工部紹箕

同邑宗祠慶成既久而時祭缺然皆因守祖者絶無
懂事之人兼以專司捐款擧選帳忿查復霸花山公
項縱極蠢愚必不肯受然輸服此捐款一條若不分
明會算則祀事終虛矣弟念該祠之創全仗 賢胥
梓始終籌畫纔告成功現以歷年祭祀尚礙舉行非
得 貴駕遄臨傳集族中剛毅輩當堂酌立條規杜
絶弊端於後起恐專恣者肆行罔忌不幾空費前勳

乎。知 宗台素懷敦睦之忱。必不辭勞中止。欽虛衆望也。臨楮曷勝翹切。

寄鷺江族叔耘丞

既建宗祠。固難究夫祀事。其如執掌題捐者。狡遁簿書而不獻。非得 大少老爺。責令當堂會算。恐餘金一被噬吞。祀業終難創置。況尚有勛勞於吾祖者。若非補祀龕中。其實泯怨恫於冥漠乎。千祈致意修書。敦請 少翁於稍暇日。偕釗同城。妥為設法。備祀費

有歸知先祖亦將歡然默佑俾爾熾而昌也

復臺灣書

鷺江別後轉瞬五年凡遇春秋勝景輒思萍寄東瀛時常得以暢叙幽情為快何期一賦驪歌不能再作雲龍之逐徒令結想於旂山鼓嶼間以故遙傳鯉信神無不與為馳也前承 東問早感知交之念我不忘況值元陽酷烈何憐無計可消炎用 錫官綃為禦暑服苟非 綺注遙深者其能若是之惓惓無已

乎。比因裁答情殷。恢奉畫中堂一軸。聊以報璚。祈毋見鄙芹微。麾諸門外也。

寄湯岸族姪振揚

碧梧初落。遊蹤適到 貴居廬。見而昆仲。各循循有雅度。意 令先君子。教澤所貽。始蔚此温純之哲嗣。因念居恒。最重 若翁行誼。今既獲觀夫繼起多賢。得不歡歡然為之狂喜。此後若擇賢師而誘掖之。則異日能承父志者。當不乏人。甚願 姪輩之為其家督。慎毋聽以遨遊。而致疏於禮義也。回憶別時。以勿山先生妙畫。無從得尺幅以為珍。爰致意煩閣一博古。專伻直送至　府門。藉以消其渴想焉。

寄族叔年松

昨承瑯弟來書。談及鼇江捐款。該茂才宗淦。樂意籌交。祈與族長輩之居廈者。僉信取之。備清　少翁程費。極擬家慈病體未安。日有事於茶爐藥鼎役。是以不能赴廈相商耳。

寄鷺江陳司馬聯科字穆堂

闊別多年，每恨難於會合，何意

德輝之耀，及蓬廬，竟有不期而遇者。鄙心殊覺欣歡，奈此情甫叙，旋縈離思，於雲山此恨，轉難消遣耳。擬鐫諸印，其作朱文者，以歸文休所謂藏鋒法，刻成柳葉之文，雖筆意殊於漢，體而結撰勻圓，別饒風韻，亦自可觀，然非時尚，原知無足見珍，祇以近世之工於摹漢者，若汪錢朱揭各派，

君家藏之最富，苟非別騁殊鋒，恐費力

素無適勤致顧安從與若舉爭奇哉知執此以質諸
吾兄之側其將許以為能與迷乎否也

寄鷺江李西垣

憶舟霞訪友適駕輕舟至鷺江因陳君獲遂登龍之
願旋恨從於歸帆未得傾談肺腑意轉難舒耳貴
友錦門屢雕名印於行裝甫卸即揮刀而刻劃之念
無堪持以贈君用將藏印并鐫台甫與姓名備作
留題小記特未知風雅如兄者肯相見賞乎

寄林平甫 庚寅

慶賞元宵，以猜燈為最雅。同 仁兄多作廋詞，極思延至騷壇，共博清娛。於三五夜，瀟灑落如吾 君者，當亦歡然。庚止，決毋金玉爾音也。

寄葉錦文

近來懶事雕蟲，致 仁兄所屬篆者，亦都漫不關心。頃以碩書道及，始檢諸行篋底而鐫之，即遣小徒送去。幸毋責以稽延可也。憶陳君子健，於同房鄰城時，曾向弟處借去捐緣銀一塊。原約旋鄉即擲還。何意挨延五載。猶虛璧返期。殊令莫解其所以然。如逢會着。已為詳道該銀。係仁人給予孤嫠之款。似宜從除完。歸勿再仍前展限。使儂受怨詈於無休焉。

復張化育

比歲所披索詞。覺言中多寓悔過之詞。足見天良不昧。諒將來猶可奮興。或不負知交之屬望矣。然而蠻貊之邦。所行猶須忠信。作事幸毋如前之孟浪。庶幾

路不終窮。苟貪眼前便利。不思後來之憂。縱使才
情蓋世。恐難與造物爭權。　足下周深於閱歷者。當
不以斯言為河漢。盧林二友。即代寄言致意。此復。

代盧攀一復張化育

別後雲山縹緲。徒有翹首天南。空增惆悵耳。來書以
客況艱辛。頗形怨恨。在弟思之。誠屬氣數使然。似無
須介意者。唯有善行吾素。待勢命。運亨通。時則所圖。
當無不利。何容抑鬱。構思頓添。逆旅愁乎。　兄家人

等。現在平安。所憾者 令長兄浪遊臺北。竹報久虛。則 尊嫂種種難免飢寒之苦矣。

寄李西垣

不晤多時。眷懷累日。矧當此旖旎芳辰。能不愈動江雲之感乎。聞 貴駕行將遠到武夷。甚恨盈盈一水。無從餞送 行旌於白鷺洲間。唯有遙祈旅況多安吉。滿把春風帶得歸。送為默祝耳。適值便伻。仗奉卅包馬蹄滾餅。聊佐品茶於客舫。 君固雅人。當亦知區區之意，無殊獻野人芹矣。

復族叔年松

宗祠條例，有心向祖者，皆可會同酌議。如 大少老爺果臨鷺島，叔臺既睦族情殷，務宜拉齊驅屢諸公同聲勸駕。若執欲在城人偕來敦請，其中信息稽遲，已難約月而來，及至通知訂約，不更遷延難必乎。此後倘遇機緣湊巧，句郎蔡邀遠貴，安為設法，藉使祠中祀事，得以照常辦祭。想在天靈爽，亦將聿錫爾

以繫禱幸無如此番之失着也

復吳耀卿

雕蟲刻篆非得漢人矩矱必無以造厥精微近見吾
同之事及刻劃者其篆體固多背反說文即刀法亦
毫無講究故所刻文均難耐玩唯我 兄盡久究心
於此道凡居恆所有雕鐫舉可資為模楷惋弟未能
時屢則徵第將刻就者以相衡又知遠不及吾 君
之造詣距意 仁兄不以存嫌反欲以圖章索篆堂

其見薄技尚能爲。擬就篆雕而加以郢斲。俾臻於奧妙。亦未可知。與思及此。因而放膽鐫成。敬以質諸方家之座右。如刻法有未精純。幸勿辭其指畫。使得登於作者之林。是不盡鄙人之願望也。

上陳小山先生

篆隸之書。前惟吕不翁稱善。今則　先生爲最得其精。屢欲求摹鐘鼎。篆備稽古字之奇。特恐頤年靜養。未許相煩耳。念比歲頻蒙　枉顧。凡金石字當如何臨摹。尚不惜。殷殷然。以教。我。豈其。靳與。夫　珍。翰。乎。

謹郎望風叩首。懇書條幅十二張。俾得藏為寶玩。其

毋罪責以貪多也。適有畀姪以三龍賓五虎僕者。愧

平生素懶作書。得此似無所用。因轉以獻　文房。

藉以供其揮灑焉。

寄陳穉幽

邑幕賓、　秋君夫子。揮書極有神情。得數行已可藏

為墨寶。況相貽至四紙之多。不更勞鄭重以護惜乎。

曉來無事。擬雕對印以酬知也。特恨同城僻陋無從得石之佳者。恐難免與瓦礫同為捐棄。而且雕蟲小技。猶未得其精微。將愈動方家以揶笑矣。聞 亞姪步齋。楷法亦殊入妙。意欲求寫一扇。衹用是斧鑿所印。總仗 仁兄於過訪時。善為道達耳。

寄陳鶴孫

古來篆印。推吳溪人。蓋其時之習尚篆文者。如近世人之學楷。縱難各溯專家。究竟不失六書之旨。故率意到來。都成佳趣。後之作者。多昧篆原。雖極力雕鐫。舉未易臻其奧妙。此今人之所以遠遜古人也。歷更諸印。祠亦留神刻畫。而終莫作一奇觀。極心殊為愧歉。所願精於鑒賞者。扶其瑕疵而敬尊之。俾得知夫刻法。則感激高情不淺矣。

寄家工部紹箕

同城始祖推本紹光公。確載次峯公墓誌。又舊譜載明鄉賢正派祖秉公。與宋安撫大使圖南公。同為紹先公所出。則欲進祀大宗祠堂者。究以治先公為是。
況擬充捐金一款。係從祖上留遺的花山。理較得柄
藉換券之銀。更不得不追榮夫肇基祖矣。如或昧於
數典者。而欲妄意推尊。竊恐在天靈爽。難免怨恫耳。
敢借　愚言。一破其非。并飛信向　處。文取前年
花山公項。計園龍銀五十圓。藉資祖廟落成費。免得
臨時毋僭。弟之鄙見如斯。囘知有當否。次峯公墓誌
一篇。附圓呈閱。庚寅九月初十日

寄族姪振揚

醫者宜戚。託求山水畫。閒渠殊不愜心。足見非存精識者。必不能知畫筆好處。該圖僅用中鋒。極得畫家三昧。而醫友反恣意疵嫌。是直一門外漢耳。奚足與議及畫說。幸將是畫璧還。藉免投珠於暗。如其有意留存。閒筆資須從豐送到。慎毋故意稽延。致我左右作人難也。

寄宗伯文真

憶萬里傳音。唯電報為能緊急。閱廈地有由香港轉新嘉者。已代飛傳父病垂危信。遥追慶弟旋鄉。倘得隨輪迅返。或可慰吾親於耄老時。當亦　俯壹所代為之歡望也。庚寅十月初一日

寄曾世兄漸亭

近時刻篆。散漫無章。即留神雕琢。而結撰殊難。此代鐫諸印。俱無紀律。是亦技止如斯。非故為糊塗刻畫。致壞佳珉也。

復族兄箭山

昨閱　來書知近日嗟興范歡且　尊軀猶為二豎所凌思無計能消與苦況擬售圖畫以救窮雖日挂又有例無拵風雅之名奈時人絕少嗜好即有一二涎貪妙畫若詞及潤筆須錢無不輟然中止況時當歲暮人各自顧不遑是更無可與為謀矣愧弟現亦難圖轉薄分山廚米八升沽酒錢三百少佐晨炊與買藥之需幸勿覩此戔戔而齒冷也

復盧澗堂 辛卯

仲春十日，莊誦　惠書，覺殷拳摯通。既蒙在遠以弗遺，猶復不嫌謭陋，猥以　令嗣贄與看，遙從海外而游於門下，何知交之愛我一至於斯乎。特恐迂疏，學淺有辜　付囑之心，轉難以告慰耳。逐日三餐，如其不鄙山廚之淡薄，當就家常便飯，與共嘗之，亦何必　隆施饌款，增弟以不安也。

寄宗弟玉之庭

契好盧君。自臺之鼓嶼。遣其仲子來受業於予。諗行蹤經到鷺江數日矣。並　棣臺親為挈至敝廬。免得外煩指數遂伴也。其家原住廈城南左畔。可由橋亭直抵至城隅。即遠近見有大門朝上者便是。蓋附郭諸家。唯該門獨不向城。甚無難於辨認耳。伊弟君頌。其欲來從學者。少時名曰贊興。一併詳陳所以。備叩門時。便於通訊。辛卯二月十六日

寄黃渭川

天地生人，原不能無死，然而死必無身後之悲，始不憾其所以為死焉。若錫和先生之逝世也，既憂其與俗道同傳，而且家無長物，致令老病煢煢。睹彼稚年弱息，度日食於其妻之鍼黹，勢將難免夫飢寒。則其死後之多留遺憾，問者誰不為之灑淚哉。念仁臺素重親親之誼，況平時具有矜憐之心，一見此困窮無告，必不忍坐視顛連，或致於淪落也。此勸捐以恤其家者，獨吾兄為可倚賴。千祈勿惜慈手，廣募贈金為蝶蛉詩，如得瓜瓞，何異無致覆宗之痛，匪特生者蒙恩，即死者亦嘗戴德矣。

寄林漢章

比閱　琅函，以黃秋巖印二數屬刻，祇奈俗事諸多忙促，久無遑事及雕鐵，意欲別煩妙手為作一奇觀，無如同邑之精於此技者，亦殊寥寥不數覯，因而率意鐫成，初不計其為漢體為晉唐體，知以登諸大雅之堂，必有能評其工拙，如刀法猶未極於精工，尚望

我　兄臺毋吝南針之錫也。

齊林子裕

日者時鐘停轉。一經　尊手撥修。竟得循環如舊。故觸耳便知晷刻之移。雖當夢眼朦朧。亦免却夜如何其之惆悵。令感不去心。用鐫　台甫印一。聊以報厥煩勞。幸毋嗤此薄物。而弗見存也。

寄旗兄筠山

奈畫債人疊來催促。願吾　兄率意成圖。無如五辛之畫山畫水。不苟揮毫者。須詢有暇。當祈稿　畫學識。相與領略新秋佳景也。

復陳穆堂

比年來俗事繁多。久不究心於摹印。故　仁兄屬篆各圖章。所不獲隨時落筆者。端由於此。原非故意稽延。致勞盼望也。頃承　寄語前來。極以悔無書印記。需之甚急。爰從忙裏一鐫。先付志伊帶去。其擬作娛情文者。似可遲之又久。待到秋涼稍暇時。準為刻就。可毋庸頻煩奈取書矣。

復族叔年松

頃承 台諭。審知 大方老都。於撫集堂之祀事。欲令邀齋族長至鷺江。議其可以昭垂者。此舉殊為精當。奈弟山病體支離。而亦勤則以秋闈期促。均難與賦。偕行。姪縱能來陪末座。其知應世無才。即有滿腔熱血。恐終無以聳聽。倘諸公所論。果其得事之宜。又仗 大方翁設法。乞能服我族人。似可毋庸小姪來議。

而始舉行也。客冬擬進同安峰基祖祀於漳郡之大宗祠，原議將清泉親兄輩所借花山公項五千金充作慶成猶欵。時清泉適客臺灣，致　少翁歸自省會。飭從伊弟佑與海等徵收。而若輩昏於利。欲競相推諉，為不知。幸張友偶來會晤，聲明該項原由。及如何落在所親手裏。一一指陳。勸其勿賴。伊弟始託言必俟乃兄旋梓日。妥議籌交。現清泉既在廈。切宜當面向支。免使明明祖欵變為烏有先生也。

復盧潤堂

重陽前一日。獲誦　瑤章於古白鷺洲。覺得衷懷頓爽。若不啻挹蘭芬於晤對時。唯是稱譽過當。鄙心轉覺難安耳。　令嗣攻書極嬾。即日提撕而警覺之。猶恐無以開其曉悟。那堪甫歛放心。旋思逃塾。究何殊夫萌蘖之一暴十寒。則欲求其識幾个字者。蓋亦難矣。願從明歲。別擇賢師而教導之。將見循循善誘。因材而進。以修功或不負吾　兄之好學乎。近聞滬海商民。有謀言遠來，貪賴吾臺沃壤。欲尋釁隙以構兵。較基隆之警為尤甚。擬將 眷暫避到同城。如果不嫌蝸廬之淺陋。準潔門庭以待來。祈勿拘投為幸。所 惠備金拾塊。早拜登於寄到時。附詳來末，藉免挂懸。辛卯九月初十日

齊慶志順

握別多年。緣慳再會。此萬。種。離。愁。我有。木。蘭。舟。載。不。起。者。諒知交如我 仁兄。當亦有同情也。辰下邊謠

騷動。關津亦各戒嚴。縱使熙和世界。萬不致有戒兵之禍。唯恐亡命匪徒。乘機竊發。大肆不良耳。則雜處遊擊華市闠中。必更危於郡落。以故吾鄉之人托跡江湖。漸有挈家而返者。不知 先生遁處海濱。亦有入山唯恐不深之意否。

寄劉雲龍

頃有文銀信一。敢煩到局徵收。伏希帶來為感。又舍弟歸於鄰人旋棹日。嚐言客地難居。好月杪準搭和平輪船到廈。如聽得是船來時。祈倩大舶盤載。若帶有衣箱。必循如何例以過關。及一切應用工價費。總望哉 仁兄代為酌量攤用。旋趁早潮利涉。發付同同。是為至禱。

寄張緯然

事出傳聞。其路多無着實。此一有相關而欲得其真者。所以必詳於訪聞而始妥然耳。比因舍弟久客新嘉。其所借為棲鷗地。亦殊可以久安。固無須於別擇者。況妻孥遠去相依。僅可慶團圓於旅次矣。何前月柳卒意出門。不復到公司理事。同人駭異。追尋共莫識其行蹤之所托。在局外間評者。有道及多拖債累而潛逃者。亦有指為棄婦念嗔者。更有言其憤怒鼎妻。故意藏身於柳巷者。議論紛紛。悉無以窮其究竟。憶 仁兄適客是邦。諒亦頗知其大概。幸即詳書原委。以便析疑。免使家人惶惑。則感 高情不淺矣。

寄英金沙

前閱敝友陳君。道及　仁臺之才之品。固誠有表異
乎人群。每歎識荊之無自。豈知與訂金蘭者。先徵在
我同氣。則將來滿儀榮歸。儘可無難親夫　雅度矣。
比因舍姪輩旋鄉。咸稱　足下。凡事極相關照。即若
喬之遺以歸來者。更見週卹而繾綣。及至登船。復蒙
與族親阿右。籌畫得十分妥當。俾能安抵家門。則此
恩此德。不忽令予以銘感乎。唯舍弟在新嘉日久。聞
東君亦極垂青。何乃愬然他往。輾轉思維。殊為莫解。

千祈詳示一書。藉知梗概。是又鄰人之深望也。

寄新嘉坡族兄朝陽

月前中浣。舍姪擧邀歸至里閭。極道 宗台崇望。大有仁人長者風。故既感隆恩於飲食。旋蒙慷慨贈金以遣歸。藉免興嗟夫淪落。則其德意之充周。真有難名其感激矣。詢舍弟在新嘉與 兄台佐理公司事。亦既多蒙惠愛於平時。勢必長依簷下。勉圖報效。以酬知也。何乃想辭此地而他去。若不顧妻孥之拋在異

鄉者。鄰心終為駭異而難解。如羈伴有知其托足之
區。幸勿以 華章為吝。俾我雙親畧免厥往愆。定當
刻銘心版。以誌弗諼也。

寄檳榔嶼族兄德順

夙仰 芳名。如雷貫耳。遐思 雅量。鎮日傾懷。祠蒙
翼覆及鴒原。能不心困夫蟻報。恭維 宗台升猷懋
命。 履祉駢增。 智識過歐陶猗。定有謀以必濟。
才固同夫管晏。知無往而非誠。遠聽 徽聲。頻殷忭

竣。舍弟慶春長叫　摯誼。委任公司。罔知甚事關情。遠泛萍蹤於何處。唯自逢人寄語。爲查浪跡以有方。免教衰老雙親。難舒念慮。旋使弱齡姪婦。得遂瞻依。如慶團圓。定圖報効。肅函達意。翹首　回音。

奉嚴父命擬寄嫻翁李振綱（翁本同安廈門之金山人客居哪嗶）

遙隔　仁憐。未親　德範。雖有懷於遺鯉。究難遇歟飛鴻。比蒞　嫻翁履祉臨豐。升祺萃泰。握算多。無遺策。遙知攸往咸宜、持籌。風負盛名。定卜有滐必。遂。灑獨。風。高。端。木。偏誇。德。中。以。稱。能。將同。術。矜。不。
羣。亦解。居。奇。而。致。富。翹思　駿績。適慧是私。非如弟
也、老拙。無。能。愚蒙。等。諸。竊意。係。蘿。有。托。能叨。　樾。蔭。
長。蒙。何期。　今。女。殤。亡。誨言。絶。却。覲。夫。竟使。豚。兒。曠。
放。癡情。迷。於。狎。妓。遂致。床。頭。金。盡。歸。里。無。期。因。敎。引。
領。　互。成。閒。津。故。道。所望。　提。攜。勿。棄。俾能。振。作。門。
楣。尚祈。　訓。斥。頻加。無致。沈迷。花酒。能不感。　高。情。
於。靡。既。銘　大。德。以。難。忘。也。哉。

賀蘇子長新春 壬辰

瑞啟三元。祥迎四始。處處爭懸華采。家家競換桃符。
即諗 仁兄、景福駢增。新祺懋介。酒嘗椒花。從
知永壽而康。 花進長春。料得恒安且吉。翹瞻 丰
采。適慰頌忱。非如弟也、虛度浮生。別無善狀。既慚雀
勞。日甚旋慚。鳩拙時形。常期再聽。塵談為開茅塞。
詎意。難親 鴻論。徒切葭傾。爰具錦箋。聊寫相思之
緒。是憑雲柬。藉當覿面之緣。順賀 春禧。即祈 霽

照。不宣。

寄梁舜卿

一隔塵談。遂疎鱗啟。愁既深夫間闊。感殊甚乎嚶
鳴。比諗仁兄、譽重儒林。聲馳藝苑。才誇綉虎。
心花燦到舌端。學擅雕龍。意蕊羅來胸裏。遐思
品藻。英聲揄揚。非如弟也、質等木雕。心慚茅塞。味道
難同饜飽。程功竟類雞廉。鎮日。相。思。情實。懷乎。附。驥。
經年。向。慕。念帶。切。於。登。龍。無如。俗。事。多。忙。終違。意。

願。所望　嘉言疊錫。藉啟蠢愚。頃值熙春。攝展寅丹而致賀。因睽遠地也。爰憑子墨以通辭。順請　文安。即希　雅照。不宣。

復林海屏

歷稽篆學。唯說文之簡當詳明。最足令人易曉。餘如古文、籀文、鐘鼎文、符印文、各種書。字體之或同或異。實難過眼而能於了解。則欲考金石之遺文者。若非博覽諸家篆訂書。必無以識其同而通其異也。近世

以來。人皆習楷。求其能識籀古之文。亦殊寥寥而罕
覯。縱有夙稱為淹博者流。亦祗曉却正篆之筆迹。未
必舉三代秦漢各奇篆而盡識之。如愚久究心於外
篆。一遇離奇古怪之字。尚且茫然而莫解。又何怪夫
古法難存。能知者少矣。故平時之事及摹印。其篆體
悉就說文傳本。總不以古文籀文各奇異字。鑄為印
記者。蓋取其便於解識。且免以篆文混雜。貽笑方家。
何意　僑雕台甫印。倘欲令摹鐘鼎篆。豈其阿於所

好。而因以此相期哉。比因稍暇。爰就阮元所集鐘鼎彝器款識。擇其字可相配者。刻以成章。獨是追摹不慣者。究難得夫範鑄文之蒼古氣。恐不足以邀　大雅之觀耳。

上李梅生先生

篆刻微能。本無足重。唯於篆法頗精者。始不嫌為薄藝。不然、六書先已難諳。所作篆必多勉强。又何論乎刀法之工與不工也。如僕之所篆雕。固自知其難於造詣。何意我　先生。竟爾謬相見許。是適足增予以慚愧耳。擬奉印章。其刻　貴姓名者。以歸文休所謂藏鋒法。仿遺規於漢代。縱未能得其形似。宜亦略有可觀。至那箇刻雕　佳吟句者。因章法有難於勻稱。爰效印燈幫讓例。將饕字拖長一格。與詩俞酒老四字。列作三行。覺字勢之疎密。頗有整齊之致。不禁欣歡。然刻以成文。竊謂安排字陣既略如宜。亦殊可取。然一再端詳其筆勢。又不免有支離之可議。意以如斯。儘難脫俗。其實足以登諸　大雅之堂乎。第轉念及精於　鑒賞者。必有能匡其不逮。以毋妨以此雕蟲小技。獻諸　丹鉛之例矣。

與族弟南山借四十九石塌本

比歲以來。極欲學書篆隸。藉探秦漢字之神奇。奈僻地難求金石古帖。無可備臨摹之一助。則書法既先有所難詣。顧安從而造詣乎。憶去年於　貴處見藏有吾西都先生四十九石塌本。一為之詳其氣骨並皆崝勁有神。儘可作楷模於後世。幸即借臨三四箇月。或得知其用筆之精意。是不盡愚忱所大慰也。

寄族兄笏山

丁亥之秋。以尺幅四。仰懇吾　兄於興到時。為圖山水妙景。距今已歷五年之久。猶復未蒙　賜筆。殊令渴想不休。願就此清秋涼爽。即為揮潑以成圖。備壯觀瞻於蓬壁。慎毋再借餘事。不受相促迫之言。高其位置也。

寄盧攀一

昨述張兄語意。明以軟限為挨延計。不然、祇責戚既有田園可鬻以抵欵。何必待之來春乎。敢勞敦迫賜還。若執意代渠展限。亦須向李印契以為貽。要以當今之借貸者。苟不先操炳據於其始。安知其將來之負與不負也。如嫌薄頃不肯給來憑準。設或頼欠無償日。弟在老唯　兄是索。恭以此欵於　仁兄向敝揭借時。原約如期換券。逾限弗清。厥意代償。言猶在耳。似不得善為脫郎之詞矣。甚望值此遲延未久，就陞籌完，勿致有交財仁義絕，殆咎將來也。

寄傅會友

憶去年春，君以渡臺之費，囑借銀圓於世好家。一承敦托，即樂於擔認者，亦以吾兄為信義之人，必不致有相辜負處。何期限楚無憑，而利息復不如期輸納。竟令索債人，頻來咎迫。能無使弟難於消受乎。厥此歲闌，速籌歸款。

齊族兄筠山 癸巳

憶去年冬。祇候 吟安於座右。談及古干支名。非所常編閱者。多難記憶。比觀說圖識餘。載天干歌七言四句。曰。閼逢之下是旃蒙。柔兆連疆圉著雍。屠維上章重光次。玄黓昭陽干乃終。又有地支歌五言六句曰。攝提格單閼。執徐大荒落。敦牂兼協洽。涒灘與作噩。閹茂大淵獻。困敦赤奮若。熟記之。可免翻閱之勞。用揮不律。錄以奉 詞。切須知歌天干者自甲遞推至癸。而歇地支者。以限於押韻。故子丑爲名。列在戌亥後。必酌及斯。庶無錯誤。

上李梅生先生

送別之詞。動稱折柳。久莫詳其攷據。近閱諸人獲堅瓠廣集。載有折柳之說。言天下萬物。莫不本於大造。而柳獨列於二十八宿者。蓋柳寄根於天。倒插枝栽。無不可活。其絮飛漫天。著沙土。亦無不生。即浮水亦化爲萍。是得木精之盛。而到處暢遂其生理者也。其光芒安得不透著天漢。列於維垣哉。送行之人。豈無他枝可折。而必於柳者。非謂津亭所便。亦以人之去鄉。正如木之離土。望其隨處皆安。一如柳之隨地可活。為之祝願耳。觀此可知詞人以折柳為送別詩者。義蓋有所取也。念　先生博覽羣書。若更有精於此說者。幸不惜裁書以教我。

寄王曉涯

褚子石農。所著堅瓠全集。多記叢書奇異事。而又精於弢據。如辨孫臏之臏非名。黥布之黥非姓。其言曰、齊將孫臏。名逸不可考。臏非名也。孫足為龐涓所刖。故稱為孫臏。臏乃肉刑去膝蓋骨之名。明世宗時有裨將名孫從臏。又有名孫希臏者。甚為可笑。漢淮南王黥布姓英。黥非姓也。布嘗坐法。故人稱曰黥布。黥乃墨刑在面之名。詢會以黥為姓誤矣。他如辨及鍾離雲房。自稱天下都散漢鍾離權。世人誤以漢字屬下作漢鍾離。而遺其名矣。關公在曹時。操表封公為漢壽亭侯。漢壽本亭名。在犍為。即今叙州府也。世又誤以漢為國號。止稱壽亭侯。同一漢字。層上層下。皆成誤謬。因思此四條。最為人所易忽略處。念 仁兄學博於觀書。諒早已知其錯誤。必無俟錄以傳聞。而始豁然解也。

寄周晴溪

憶莫春初。曾以雙冊帙。仰求 令長兄書。如尚未蒙揮灑。幸於臨摹古帖時。并煩迅筆為作數行字是荷。

其所　囑鐫印於辰間秉興作之。頗得卓刀意。恐以
質諸鑒賞家。猶不以為然耳。

齊惠安王慎修

前客湓陵。適倭虜與　君居為比鄰。獲見　今昆所
製玻璃燈籠。其式樣極為精緻而且堅。大可備風簷
中之妙用。意欲煩　元朧請於伯氏之前。即如式造
成一盞。藉應要需於道試時。祈勿以良工為靳。致虛
所囑也。頃逢驛使赴泉。先仗傳書以道意。并候　賢

昆玉均安。至費清神及　令兄長處。俟到桐城。親來鳴謝。

寄劉徽典

蒲節以前。舍親真仰。頻來催索認貸銀。其勢若難於展限。緣當年揭借時。原議歲闌還楚。詎意遷延至兩三春秋。尚未措還完訖。致令居間者。屢遭詬迫。煩速備還。是為至禱。

復李梅生先生

月之十日。獲觀遺鯉腹中書。知為陳司馬季膺雕印。即於俗冗紛忙中。率揮刀筆以鐫就。縱未能臻漢刻之神奇。然篆法頗為適勁。亦殊有可觀。諗 先生精於鑒賞。得不兼修一蕪函。聊以邀夫 台覽乎。

壽宗弟玉庭

頃聯捷者。久為傭於 貴店。以家貧侵用役直錢。實亦情非得已。乃 棣臺執欲扣其傭工資。以抵所侵項。在渠原不敢多言。特以。家。風。清。淡。若。專恃。此。微。貲。

為仰事計設或驟然裁減將難免缾罄貽恥大傷有母之戶饔矣幸逐月照常給與其前年所有侵支者俟雇役得多受直日自應積蓄攤完至其不勤任事處伊母經須夫斥責書蓄不致若前之懶惰復勞擾計以煩言也

寄陳寶侯

客年冬、貴親阿瑞以貨殖情殷仗租敝店為鋪設地原約開張若不合意時即將該店屋交還引稅何期渠既欲遷移他去。不特多拖欠税錢。而且擅為轉賃。似於攀動張太室橫。因念 仁兄曾與貴族長諸公等。同聲保佃。值此狡為脱卸。唯有仰藉 鼎言。飭其撤空器物以還管。

復盧潤堂

醉司命日。從五君海若家。收到 惠金廿塊。適資數用及歲闌。得不銘心誌感乎。唯是雲天。高誼。媿難圖報於分毫。此意常為鬱鬱耳

答林都尉問古來篆式

曠觀往古。書契造於朱襄。而體類象形以制字者。有黃帝左史官倉頡。繼時所創之文。僅傳五百四十字。降而夏商周。而列國。而秦漢。無不各因其文而增益。則文字之隨時以變異者。亦豈有窮哉。慨自伏羲氏作龍書。共工氏作偃波。神農氏作穗書。有熊氏作雲書。倉頡氏作鳥跡。金天氏作迴鸞。高辛氏作科斗。陶唐氏作龜書。夏后作鐘鼎。務光作倒薤。武王作魚鳥。

諸如此類。皆古人隨其所見。制以成字。通謂之古篆。其言鐘鼎者。緣三代至春秋。凡紀功德者。必勒銘於鐘鼎。字皆古文。迨秦焚天下書。古文多失。後人於鐘鼎上摹之。故名曰鐘鼎文。秦廢古文。更用八體。一曰大篆。亦曰籀文。周宣王太史籀所作。二曰小篆。亦曰秦篆。秦丞相李斯所作。三曰刻符。亦李斯所作。四曰蟲書。秋胡妻所作。五曰摹印。趙高所作。六曰署書。蕭何所作。七曰殳書。八曰隸書。程邈所作。八體而外。有有所謂八分書者。為上谷羽人王次仲所作。又有虎爪偃波二書。以秦為書臺。徵名人用虎爪書書下用偃波書。皆不可卒學。以防矯詐。漢興有艸書。謂以散筆作篆。便於創藁。因號草書。有尉律。是別作一體以紀法律者。遂以尉律為名。有行篆。隨其筆勢流行。而不修飾。竟稱行篆。有墳書。從細橫肥。象畫卦之形。漢人以小篆體。倣遺意以存古。名曰墳書。有急就。以軍中急於授爵。其印多鑿成之。於以名為急就章。有垂露。以書章奏。字如懸鍼。而勢不纖。婀娜若濃露之垂。故曰垂露。有懸針。以書五經篇目。謂其勢有若懸針之鋒芒。故名。有鵠頭。亦名鶴頭。文之起止處。皆作鵠頭形。漢詔版用鵠頭以招隱士。取其立端志遠。有蚊腳。亦名細篆。畫宜纖細。不得如作八分書之肥大。專備謝章詔版之用。凡若此者。亦各從小篆體。別轉其筆法耳。此書法本篆。因言大篆之變為小篆。小篆之變為懸針。為薤葉。為柳葉。為剪刀。為鵠頭。為玉筋。為金錯。為繆篆。為摹印朱文。自漢以來。其作篆能見傳者。固寥寥而罕覯。歷稽字學等書。見說文載亡新居攝。使大司空甄豐等。校定古文。時有六書。一曰古文。孔壁中書也。二曰奇字。即古文而異者也。三曰篆書。即小篆。秦始皇使下杜人程邈所作也。四曰佐書。即秦隸書也。五曰繆篆。所以摹印也。六曰鳥蟲書。所以書幡信也。又嘉話錄。載右軍嘗醉書。點畫類龍爪。遂為龍爪書。又續仙傳。載唐司馬承禎善篆。別為一體。

名金薤書。又印燈殘。載劉舜欽曰。國朝官印。每字畫九疊。取乾元用九之意。遂傳九疊篆。又篆林肆攷。載鄭大郁所輯百家姓篆七卷。一字各分十體。其體以宣文篆為標首。下列古文篆。龍爪文。穗書篆。纓絡文。柳葉文。轉宿文。垂雲文。鐵線文。五筋文九法。然觀其用筆雖殊。而為篆則同出於一樣。要皆意擬形象。徇名而作者也。第限於聞見所知者。僅止於斯。若有新奇怪異字。俟攷諸家篆訂書。再為續報。

同文書庫・厦門文獻系列

第一輯

壹　小蘭雪堂詩集
貳　固哉叟詩集　寄傲山房詩鈔
叁　紅蘭館詩鈔
肆　寄傲山館詞稿　壺天吟
伍　林菽莊先生詩稿
陸　夢梅花館詩鈔
柒　寶瓠齋襍稿（外三種）
捌　甲子雜詩合刊　菲島雜詩　海外集
玖　稚華詩稿
拾　同聲集

第二輯

壹　賦月山房尺牘
貳　禾山詩鈔
叁　揮麈拾遺
肆　頑石山房筆記　紫燕金魚室筆記
伍　臥雲樓筆記
陸　止園詩集　鐵菴詩存
柒　陳丹初先生遺稿（外一種）
捌　繡鐵盦叢集　繡鐵盦聯話
玖　二菴手札
拾　虛白樓詩